LE JOUR OÙ J'AI RÉUSSI À EFFACER mes interros... ET LE RESTE !

Rue de l'Ouvrage, 18
B-5000 Namur
www.mijade.be

Illustration de couverture :
Zoé Donnay / Shutterstock

D/2021/3712/23
ISBN 978-2-87423-158-2

Imprimé en Bulgarie

Cyril Guinet

LE JOUR OÙ J'AI RÉUSSI À EFFACER mes interros... ET LE RESTE !

roman

Mijade

Les amis sont sacrés :
Oui, réponse A. Non, réponse B

(Dounia)

Pile comme j'arrive au collège, Dounia se jette sur moi. Tout essoufflée, indice qu'elle vient de courir, et sans écouteurs dans les oreilles, signe qu'il se passe quelque chose de grave.

– Jules a des ennuis ! dit-elle.

Comme « problème », « souci » ou « embrouille », le mot « ennui » a un effet magique sur moi : il me donne envie de prendre mes jambes à mon cou. Le fait que Jules soit mon meilleur ami, ex aequo avec Dounia, n'y change rien.

– Que se passe-t-il ?

– Les Trois As l'ont encore coincé !

Je secoue la tête avec un air désolé. J'aime la bagarre. Les gifles. Les baffes. Les coups de poing et les coups de boule. La preuve : j'ai vu tous les films de Sylvester Stallone.

Vraiment, j'adore quand les dents giclent et que le pif éclate en sang, mais seulement au cinéma.

– Émile ! Tu m'écoutes ? Je te dis que Jules a besoin de nous ! rugit Dounia.

Son visage est si proche du mien que je peux voir des éclairs de rage zébrer ses iris pailletés. Et ses doigts s'enfoncent dans mon bras comme les serres des créatures de *L'Invasion des zombies de l'espace*, quand elles pompent l'énergie vitale de leurs proies.

– Jules est-il notre ami ? demande-t-elle. Oui, réponse A. Non, réponse B…

Je hausse les épaules.

– Réponse A, bien sûr.

– Les amis sont sacrés : oui, réponse A. Non, réponse B.

– Encore réponse A…

– Quand un ami est en danger : il doit se débrouiller tout seul, réponse A. On appelle les parents à la rescousse, réponse B. On ne réfléchit pas et on vole à son secours, réponse C.

Je soupire la réponse C.

– Alors on fonce ! conclut Dounia.

Aussitôt, elle m'entraîne en direction de la ruelle derrière le collège. Jules est là, acculé au fond de l'impasse par les Trois As. Il cache un objet derrière son dos.

Un torrent de sueur glacée me coule le long de l'échine. L'As… ticot, l'As… pirine et l'As… perge, alias les Trois As, sont les terreurs de la classe.

L'Asticot est le chef de la bande. Visage en triangle, la pointe en bas et des boucles rousses éparpillées sur le sommet. Un petit nerveux, toujours en train de se tortiller dans tous les sens. À croire qu'il mange une tartine de ressorts tous les jours au petit déjeuner. Du matin au soir, il mâchouille le même chewing-gum. Arrivé en classe, il le colle sous sa table, au milieu de ses crottes de nez, et le récupère à la fin du cours. Tout le monde espère qu'il se trompera un jour.

– Allez, donne ce que tu caches derrière ton dos, bien gentiment, grogne-t-il en tendant la main en direction de Jules.

– Ouais, ouais… bien gentiment, ricanent en chœur ses deux compères.

Jules recule d'un pas pour se dégager. Mais l'Asticot frappe avec la rapidité du scorpion. Mon pote n'a pas le temps d'esquisser le moindre geste que l'autre brandit déjà un objet que je reconnais aussitôt : une maquette de la navette spatiale XB-12 qu'il avait promis de nous montrer lorsqu'il l'aurait terminée.

Mon pote est passionné par les voyages dans l'espace. Les murs de sa chambre sont tapissés de posters de Neil Armstrong, Thomas Pesquet et autres astronautes auxquels il rêve de ressembler un jour. En attendant, il collectionne les fusées miniatures et il passe un temps fou à réaliser des modèles réduits d'engins spatiaux.

– Eh, rendez-lui sa maquette ! s'écrie Dounia.

– Ce n'est pas une maquette, ricane l'Asticot en se tournant vers nous. C'est un vaisseau extraterrestre venu en éclaireur pour préparer l'invasion de notre planète.

Jules se rue sur lui, mais son adversaire évite la charge à la façon d'un torero. Emporté par son élan, mon pote continue sa course et manque de s'écrouler à nos pieds. Lorsqu'il fait volte-face, la maquette a déjà changé de mains.

– Je les entends, dit l'Aspirine en collant l'engin contre son oreille. Ça grouille, là-dedans.

Petit, gros, le teint blême, plus blanc qu'un fantôme trempé dans de l'eau de javel, l'Aspirine moule 60 kg de bêtise dans des tee-shirts trop courts qui dévoilent son nombril. Personne ne sait s'il est vraiment débile ou s'il fait semblant. Mais s'il fait semblant, c'est super bien imité.

Il secoue la maquette de Jules comme une canette de soda avant de la passer au dernier membre de la bande.

Avec sa grosse tête en forme d'ampoule sur son corps filiforme, l'Asperge ressemble à un lampadaire, mais c'est loin d'être une lumière. Jules se précipite sur lui en poussant un cri désespéré. Mais l'autre n'a qu'à lever le bras pour mettre l'engin hors de portée.

– Émile ! Il faut qu'on fasse quelque chose, grommelle Dounia sans desserrer les dents.

Faire quelque chose ? Elle en a de bonnes ! Je mesure 1 mètre 25 à condition de me dresser sur la pointe des pieds et de coiffer mes cheveux en brosse. Et j'affiche 30 kg sur la balance, tout habillé et en bourrant mes poches de cailloux.

Un ver de terre est plus musclé que moi. Dans mon cas, la non-violence n'est pas un choix, mais une évidence : c'est ma seule chance de survie dans la jungle du collège.

Impuissant, j'observe les Trois As se faire des passes avec la maquette de Jules. À toi ! À moi ! Mon pote s'épuise à courir de l'un à l'autre. Quoi qu'il fasse, il arrive toujours trop tard. Ses tourmenteurs feintent, font mine d'expédier la navette à gauche pour mieux la lancer à droite. Ils narguent Jules, transmettant l'engin à l'ultime seconde, ou prenant le risque d'une passe juste au-dessus de sa tête. Chaque fois qu'il tente l'interception, ses mains se referment sur le vide.

Ça continue comme ça un moment. Jusqu'à ce que mon pote se retrouve à terre. Prostré, la tête basse, les poings serrés entre les genoux, épuisé.

– Regardez, il n'a plus aucune volonté, jubile l'Asticot. Les aliens lui ont vampirisé la cervelle.

À côté de moi, Dounia marmonne quelque chose. Elle plisse les yeux comme pour verrouiller sa cible. Et soudain, elle s'élance telle une torpille brune dans un rugissement supersonique. Elle est stoppée en plein vol. Il a suffi à l'Asperge de déplier un des longs tentacules qui lui servent de bras pour la saisir par sa queue-de-cheval.

– Celle-là aussi est contaminée, glousse-t-il.

Il traîne Dounia par les cheveux, comme un pêcheur exhibe le poisson qui frétille au bout de sa ligne.

Cette fois, c'en est trop ! À mon tour, je me jette dans la mêlée. Hélas, je n'ai pas fait trois pas qu'une jambe – celle de l'Asticot – se met en travers de mon chemin pour m'envoyer par terre. Les graviers me déchirent les paumes et mon front fait une rencontre douloureuse avec le bitume.

L'Asticot me saute dessus avant que j'aie le temps de me relever. Il m'enfonce son genou dans les reins et me tord le bras dans le dos. Impossible de me libérer. Au contraire, plus je me débats, plus il resserre sa prise. Cela fait tellement mal que j'ai l'impression que mon épaule va se disloquer. Je ne peux même pas crier : l'Asticot me bâillonne la bouche de sa main libre. Des larmes me montent aux yeux. Si on les analysait au microscope, on découvrirait qu'elles se composent d'eau, de chlorure de sodium, de frustration et de rage.

– Oh, il va pleurer, le bébé, ricane l'Asticot.

– Ouais, ouais, le bébé, font les deux autres en écho.

Quand on n'a pas la carrure de Superman, on se défend comme on peut. Et tous les moyens sont bons, même les plus déloyaux. Dans un sursaut désespéré, je mords la main qui me couvre la bouche. De toutes mes forces ! Le hurlement que pousse l'Asticot doit s'entendre à cent kilomètres à la ronde, mais je m'en moque. La colère me transforme en pitbull enragé. Rien ne me fera lâcher.

C'est du moins ce que je pense jusqu'à ce qu'une poigne de fer m'attrape par le col et que retentisse une voix caverneuse.

– Qu'est-ce que vous fabriquez ici ? gronde Chou Rouge.

Le CPE du collège a deux particularités : de grandes oreilles cramoisies et la faculté de se téléporter. C'est la seule explication pour qu'il puisse surgir ainsi à tout moment, n'importe où, sans faire de bruit. Il nous sépare, l'Asticot et moi, et nous tient chacun à bout de bras, éloignés l'un de l'autre.

– Il m'a mordu ! sanglote l'Asticot.

Voir cette terreur pleurnicher est un spectacle auquel je ne pensais pas assister un jour.

– Est-ce que je vais être défiguré de la main à vie ? bredouille-t-il.

Chou Rouge observe l'empreinte en demi-cercle que mes dents y ont imprimée.

– Mais non, ce n'est rien, finit-il par dire. Allez, filez en cours, la cloche va bientôt sonner.

Les Trois As décampent sans demander leur reste. Je m'apprête à rejoindre Jules et Dounia lorsque le CPE m'arrête.

– Pas toi, le cannibale ! ordonne-t-il. Toi, tu vas direct dans mon bureau !

Notre devise :
Rire pour tous ! Tous pour rire !

(Le vendeur de chez Fiesta Market)

– Je suis vraiment désolé, Émile, me dit Jules à la sortie des cours. Tout ça, c'est de ma faute.

Il m'a répété cette phrase une bonne centaine de fois au cours de la journée.

– Mais non, lui dis-je en haussant les épaules, c'est la faute des trois crétins. En plus, ils se sont vengés sur ta maquette…

Je désigne le sac plastique dans lequel il a rassemblé les débris de la navette XB-12. L'Asticot l'a fracassée par terre, après s'être assuré que Chou Rouge ne risquait pas de le griller.

– Et toi, tu as déchiré ton jean, fait remarquer Dounia en ajustant l'élastique qui maintient sa queue-de-cheval.

Effectivement, un bel accroc laisse apparaître mon genou gauche. J'ai aussi les paumes éraflées et le front douloureux.

Je tends le bras, le poing fermé. Jules et Dounia le recouvrent de leurs mains.

– Là où j'irai... dis-je.

– Mes potes iront ! complètent-ils en chœur.

C'est notre devise.

Dounia s'enfonce ses écouteurs dans les oreilles avant de s'éloigner en dodelinant de la tête au rythme de la musique. À ses côtés, Jules marche la tête basse, le sac contenant sa maquette en miettes se balançant au bout de son bras.

Je les regarde disparaître au coin de la rue avant de me mettre en route à mon tour. Chemin faisant, je réfléchis à la meilleure façon d'annoncer à ma mère qu'elle va être convoquée au collège.

Ce matin, après m'avoir conduit dans son bureau, Chou Rouge a décroché son téléphone pour appeler la principale. Il lui a expliqué qu'il avait en face de lui un « sauvageon » – c'est le terme ridicule qu'il a employé – qu'il venait de surprendre « mordant un de ses camarades jusqu'au sang ». Il a écouté grésiller la voix à l'autre bout du fil puis il a raccroché et réclamé mon carnet de liaison. Il y a rédigé un mot à l'attention de mes parents leur demandant de prendre rendez-vous avec la principale le plus rapidement possible. Sans préciser pour quel motif.

Perdu dans mes pensées, je sens comme un poids entre mes omoplates. J'ai la désagréable impression d'être surveillé. Je jette un coup d'œil par-dessus mon épaule pour en avoir le cœur net. Et je les vois. Ils se tiennent à une dizaine de mètres de moi. Ils ne cherchent même pas à se cacher : les Trois As !

L'Aspirine est encore plus livide que d'habitude. L'Asperge n'a jamais eu l'air plus stupide. Quant à l'Asticot, son regard flambe d'une rage farouche. Sa lèvre supérieure est retroussée sur ses dents. J'ai déjà vu ce rictus, un jour, dans un documentaire sur les hyènes.

J'accélère le pas. Quand je me retourne, je constate que mes poursuivants sont toujours là. Ils se sont même rapprochés. Quand je m'arrête, ils s'arrêtent. Quand je repars, ils repartent. Si je me mets à courir, ils démarrent aussitôt et je peux entendre derrière moi le martèlement de la meute sur mes talons.

Je cours, je cours... J'ai beau tourner, virer, impossible de les semer. Bientôt, le souffle me manque. J'inspire tout ce que je peux, bouche grande ouverte, mais c'est comme si l'air avait été retiré autour de moi. Alors, en désespoir de cause, je me rue à l'intérieur de la première boutique qui se trouve sur mon chemin.

Un rire sonore éclate au moment où je franchis la porte. Le genre de rire que pousserait un clown cinglé. Et une espèce de grand épouvantail vêtu d'un costume couvert de plumes de toutes les couleurs jaillit sur des patins dont les roues jettent des étincelles.

– Bienvenue chez Fiesta Market, le plus grand magasin de farces et attrapes du monde et des environs ! s'exclame-t-il en déployant ses bras comme les ailes d'un gigantesque échassier.

Il affiche un sourire si large qu'il va d'une oreille à l'autre.

– Serpentins ! Cotillons ! Langues de belles-mères ! Turlututu ! Chapeaux pointus ! Chez Fiesta Market, vous trouverez tout ce qu'il faut pour faire la méga teuf à prix rikiki ! poursuit-il.

Derrière lui, du sol au plafond, s'alignent des étagères croulant sous des gadgets plus farfelus les uns que les autres : masques, perruques, fausses barbes, fausses moustaches, faux nez de toutes les tailles, faux dentiers (certains avec de longues canines, comme les vampires), et même des faux seins : d'énormes lolos en caoutchouc qui me font rougir quand je pose les yeux dessus.

Au centre du magasin s'élève une pyramide de pétards de toutes tailles.

Je sursaute en entendant une voix chuchoter à mon oreille. Tout à mon étonnement, je n'ai pas entendu le vendeur glisser jusque vers moi.

– Notre devise : rire pour tous ! Tous pour rire ! Que puis-je faire pour vous, jeune homme ?

Je jette un coup d'œil en direction de l'entrée de la boutique, redoutant de voir surgir mes poursuivants. Un instant, je me crois sauvé en les voyant passer devant la vitrine sans s'arrêter. Mais, quelques secondes plus tard, le cœur me saute dans la gorge en découvrant leurs visages derrière la vitre. Les Trois As ont fait demi-tour et à présent, ils scrutent l'intérieur du magasin. Soudain, le regard de l'Asticot croise le mien. Il m'a vu !

– Je cherche un déguisement, dis-je précipitamment au vendeur.

Si seulement il avait un costume d'homme invisible.

– Pour un événement spécial ? Une fête ? Un anniversaire ? demande-t-il.

– C'est pour un exposé, au collège...

– Un exposé déguisé ? Ce n'est pas banal, ça. C'est même très amusant, ça me plaît !

– Oui ! Le sujet est : la représentation des extraterrestres dans le cinéma. Je me dis que ce sera plus chouette présenté par une créature venue de l'espace...

Je ne sais pas d'où m'est venue cette idée. Comme si, pour rendre mon mensonge plus crédible, il était nécessaire d'ajouter un autre mensonge.

Le rire qui m'a fait sursauter lorsque je suis entré tout à l'heure retentit à nouveau. Et je comprends alors qu'il s'agit du signal qui indique qu'un client vient de pousser la porte de la boutique. Cette fois, ce sont les Trois As qui l'ont déclenché.

– Eh ! Les affaires ne marchent pas aujourd'hui : elles courent ! s'exclame le vendeur de Fiesta Market.

Pressé d'aller à la rencontre de ces nouveaux clients, il m'indique le fond du magasin d'un geste vague.

– Les panoplies se trouvent par-là, juste après le rayon des bonbons au poivre et des sucettes explosives, me dit-il. Tu verras, nous avons de superbes modèles d'aliens. Vu ta taille, tu vas faire un magnifique petit homme vert !

Ce n'est pas très sympa de me faire remarquer que je ne suis pas grand, mais je suis trop pressé de mettre un maximum de distance entre moi et mes poursuivants pour le lui faire remarquer.

Je m'éclipse et trouve refuge derrière un présentoir de crottes de chien en plastique et de fausses flaques de vomi. Pas très ragoûtant, mais cela me permet d'observer sans être vu. Le vendeur patine jusqu'aux Trois As pour leur réciter son boniment.

– Bienvenue chez Fiesta Market ! Le plus grand magasin de farces et attrapes du monde et des environs. Que puis-je faire pour vous, les amis ?

– On peut jeter un œil ? dit l'Aspirine. On cherche des trucs pour faire la fête.

– Ouais, faire la fête à quelqu'un, ajoute l'Asticot.

Et, sans s'occuper du vendeur, il se dirige droit sur moi, suivi de ses deux complices.

Je détale, paniqué, pour venir buter au bout du rayon sur un mur d'accessoires de cirque. Des fouets pour dompteurs, des quilles pour les jongleurs, des baguettes magiques et des chapeaux avec lapins incorporés pour les prestidigitateurs. Et pour les clowns, tout un assortiment de nez rouges et de chaussures gigantesques, de la pointure 74 (la plus petite) au 282 (là, les chaussures sont aussi grandes que des skis).

Je file sur la gauche, du côté des feux d'artifice. Trop tard ! La grande carcasse dégingandée de l'Asperge surgit devant moi. Je fais demi-tour pour m'échapper sur la droite vers le rayon des coussins péteurs. Mais c'est alors l'Aspirine qui me bloque le passage. Impossible de rebrousser chemin : l'Asticot remonte l'allée par laquelle je suis arrivé. Il sifflote, l'air de rien, en affichant un petit sourire cruel. Je suis coincé. Fait comme un rat.

L'Asticot me fixe droit dans les yeux et porte sa main droite au niveau de son cou, les doigts repliés. D'un geste lent, il passe son pouce tendu le long de sa gorge, d'une oreille à l'autre.

Je n'ose pas jeter un coup d'œil à ma montre, de peur qu'elle m'indique que ma dernière heure a sonné. Soudain, un hurlement retentit.

– Mais qu'est-ce que c'est que ce machin ? C'est froid ! C'est glacé ! brame l'Asperge en se tortillant dans tous les sens.

Le vendeur, hilare, se tient à côté de lui.

– Qu'est-ce qu'il m'a fait, celui-là ? Il est cinglé ! continue de beugler l'Asperge en se contorsionnant.

Il glisse sa main dans son dos et la ressort les doigts couverts d'une matière verte et visqueuse. Il porte l'étrange substance à son nez pour la renifler et fait une grimace dégoûtée.

– Et en plus, ça pue, ce truc ! s'exclame-t-il.

Je vois bien que c'est une gomme magique, c'est marqué dessus

(Émile)

Le vendeur brandit un tube d'où s'échappe un filet de la même matière répugnante et verdâtre que celle qui colle aux doigts de l'Asperge.

– Notre dernière invention ! s'exclame-t-il, hilare. La morve puante ! Collante comme le chewing-gum, froide comme la banquise… et parfumée à l'extrait naturel de poubelle.

Tous les regards sont tournés vers lui et je pourrais en profiter pour filer, mais la curiosité est trop forte. Je meurs d'envie de voir la suite des événements. Car déjà, le vendeur redémarre sur ses patins. Il file jusqu'à une étagère pour se saisir d'une boîte cylindrique. Il poursuit sa course, sans marquer d'arrêt, pour glisser jusqu'à l'Aspirine et lui secouer la boîte au-dessus de la tête. Un nuage de poudre noire enveloppe sa victime qui se met aussitôt à danser d'un pied sur l'autre, en se grattant comme un singe rempli de puces et en éternuant comme un dément.

– Atchoum ! Ça me démange ! crie-t-il. C'est horrible ! Atchoum ! Atchoum !

– Notre mélange spécial : poudre à éternuer et poil à gratter ! s'esclaffe le vendeur.

L'Asticot, lui, n'a pas l'air de trouver ça marrant. Il est rouge de colère et de la fumée lui sort des oreilles.

– Mais qu'est-ce que c'est que ce bouffon ? grogne-t-il.

– C'est moi que tu traites de bouffon ? fait le vendeur en pivotant sur ses patins pour lui faire face.

Une grimace furieuse efface son sourire. Je recule, pris d'un sentiment de terreur en le voyant s'emparer d'une énorme hache de bûcheron ! Là, ce n'est plus drôle du tout. Les images d'une demi-douzaine de films d'horreur défilent devant mes yeux.

– On va se fendre la poire ! ricane le vendeur en avançant vers les Trois As.

À ces mots, leurs genoux se mettent à jouer des castagnettes.

Le vendeur lève sa hache à bout de bras et fait trois ou quatre moulinets au-dessus de sa tête. Cette fois, les Trois As, terrifiés, tournent les talons et décampent sans demander leur reste. Le rire du clown fou retentit au moment où ils franchissent la porte.

Je m'apprête à m'éclipser à mon tour, tentant de me faufiler sans faire de bruit lorsque le vendeur se tourne vers moi.

– Assez ri pour aujourd'hui, dit-il en redevenant soudain sérieux.

Il tend le bras et abat la hache sur son poignet. Une fois, deux fois, trois fois. Sans le moindre bobo. Comme j'ouvre de grands yeux étonnés, il se donne un nouveau coup, sur la tête cette fois. Ça fait un bruit mou, mais sans faire couler la moindre gouttelette de sang, ni répandre le moindre atome de cervelle. Rien.

– C'est une lame en caoutchouc extra mou, m'explique-t-il. Elle épouse toutes les formes. Effet garanti. Bon, on dirait que tes petits camarades n'ont pas apprécié mes plaisanteries.

– Ce ne sont pas mes camarades, dis-je.

– C'est bien ce qu'il me semblait, me dit-il en ponctuant sa phrase d'un clin d'œil.

Tout s'éclaire. Le vendeur de Fiesta Market a compris que j'étais poursuivi. Toutes ses blagues n'avaient qu'un seul but : effrayer les Trois As pour les faire déguerpir.

Mon soulagement est, hélas, de courte durée. Un coup d'œil du côté de la vitrine me fait comprendre que ces abrutis n'ont pas renoncé à se venger. Plus têtus qu'un troupeau de mules, ils se sont installés sur le dossier d'un banc, juste en face de la boutique, de l'autre côté de la rue, en attendant que je sorte.

Le vendeur suit mon regard.

– Tu n'es pas pressé, n'est-ce pas ? me dit-il en se frottant le menton dans le creux de la main.

Je secoue la tête pour indiquer que non.

– Alors, on va se marrer ! poursuit-il. Je vais te montrer ma collection de boîtes à meuh !

Les mains croisées dans le dos, il pousse sur sa jambe droite pour s'élancer jusqu'à un rayon tout proche et exécute un magnifique demi-tour devant une vitrine où s'entassent des dizaines de petites boîtes. Je le rejoins au moment où il en saisit une sur laquelle figure le dessin d'une vache blanche avec des taches marron. Il la retourne et la remet à l'endroit pour faire retentir un long mugissement.

– La normande : classique et indémodable, dit-il.

Il désigne une rangée de boîtes. Son doigt saute de l'une à l'autre.

– Black angus écossais, rouge de Norvège, brune de l'Atlas, grand zébu d'Afrique du Sud, toutes les races de vaches du monde, en boîte, s'enthousiasme-t-il. Et même la vache sacrée hindoue ! Mais ce n'est pas tout !

Il fait surgir une nouvelle boîte, avec une brebis, cette fois. Évidemment, elle laisse échapper un bêlement lorsqu'il la retourne.

– J'ai aussi des cochons, des chevaux, des chats, des roquets, des molosses !

Il pioche des boîtes au hasard, les remue l'une après l'autre pour me faire écouter le cancan du canard, le caquetage de la poule et le piaulement de son poussin. Je reconnais également le glouglou du dindon…

– Et maintenant, plus exotique ! s'exclame le vendeur.

La boîte qu'il retourne laisse échapper un rugissement.

– Le lion ! dis-je.

Puis il me fait écouter le chameau qui blatère, l'éléphant qui barrit, l'hippopotame qui grogne…

– On se croirait en Afrique, non ? s'extasie le vendeur. Il ne manque que le seigneur de la jungle.

Il retourne une nouvelle boîte qui pousse cette fois le cri de Tarzan.

– Ça, c'est ma catégorie préférée : les bizarroïdes ! me dit-il en désignant des boîtes sur lesquelles je distingue un marteau-piqueur, un réveille-matin, une sirène de bateau. Je devine quel bruit elles produisent. De même pour la boîte illustrée avec une paire de fesses.

– Maintenant que tu as fait connaissance avec les instruments, poursuit le vendeur de Fiesta Market, place au concert !

Il me tourne le dos pour faire face à l'étalage de boîtes à meuh. Il écarte les bras et baisse la tête comme pour mieux se concentrer.

– Symphonie de la ferme et de la basse-cour en do majeur ! annonce-t-il.

Il se redresse, lève le menton bien haut, bombe le torse… Et c'est parti ! Ses mains volent au-dessus des boîtes, s'en saisissent, les retournent, les reposent, en attrapent d'autres, les retournent, encore et encore. Dans le magasin, les cris de dizaines d'animaux résonnent.

Meuh ! Meuh ! Meuh !

Coin coin !

Miaaaoooouuuu !

Cocoricooooooo !

Grooiiiinnnk ! Grooiiiinnnk !

Bêêêêêêê !

Meuh ! Meuh ! Meuh !

Le vendeur saute, bondit, court, virevolte... Ses bras s'agitent dans tous les sens. On dirait les ailes d'un moulin pris dans une tempête.

Meuh ! Meuh ! Meuh !

Coin coin !

Miaaaoooouuuu !

Meuh ! Meuh ! Meuh !

Cocoricooooooo !

Cela ressemble davantage à une cacophonie qu'à une symphonie, à dire vrai. J'applaudis tout de même chaleureusement le maestro qui, une fois sa performance terminée, lève les bras vers le plafond et hoche de la tête comme s'il recueillait les bravos d'une salle comble (alors que je suis son seul public). Puis, une main dans le dos, l'autre posée sur la poitrine, il s'incline à gauche, à droite… En se redressant, je ne sais pas comment il s'y prend, il donne un coup dans l'étagère. Et un petit objet qui devait se trouver sur le dernier rayon dégringole, roule et rebondit jusqu'à mes pieds.

Je me baisse et ramasse la chose. C'est une gomme. Une gomme toute bête, à peu près comme celle que j'ai dans ma trousse. Sauf que sur l'emballage de plastique transparent qui l'enveloppe, il est indiqué : « La gomme magique ».

Le vendeur s'approche.

– Ça alors ! C'est plus fort que du roquefort ! s'exclame-t-il.

– Qu'est-ce que c'est ? dis-je.

Le vendeur me considère comme si je lui avais demandé si le feu brûlait ou si l'eau mouillait.

– Une gomme magique. Je croyais avoir vendu la dernière depuis longtemps…

– Je vois bien que c'est une gomme magique, c'est marqué dessus, dis-je. Mais c'est quoi, la blague ?

– Il n'y a pas de blague ! rétorque le vendeur. C'est un accessoire de magicien. Elle a le pouvoir d'effacer réellement des objets.

Ses sourcils se lèvent très haut sur son front.

– Tiens ! C'est cadeau ! me dit-il en me tendant l'objet.

J'observe la chose sans oser la prendre. Est-ce qu'il y a un truc ? Une astuce ? Est-ce que ça va m'exploser à la figure ? M'envoyer une décharge électrique dans la main ?

– Et comment ça marche ? dis-je.

– Simple comme bonjour ! répond le vendeur. D'abord, tu écris le nom de la chose que tu veux voir disparaître sur une feuille. Ensuite, tu l'effaces avec cette gomme. Et hop ! La chose se volatilise. Fini. Terminé.

Son air goguenard ne me dit rien qui vaille. Une gomme magique ? Ben voyons ! Est-ce que j'ai l'air aussi crétin que cela ? Mais comme il insiste pour que je la prenne, je m'empare de la gomme et la fourre dans ma poche.

Au moment de franchir la porte de la boutique, le vendeur m'arrête. Il passe devant moi et jette un coup d'œil alentour pour vérifier que la voie est libre. Le banc d'en face est désert. Les vautours sont rentrés au nid.

Je prends le chemin de la maison, dépité. Chaque fois que je tente de repousser le sentiment de déconvenue qui m'envahit, il suffit que mes doigts rencontrent la gomme au fond de ma poche pour que je me souvienne : le vendeur de chez Fiesta Market m'a pris pour un crétin. Un bébé crédule auquel on peut faire avaler n'importe quel boa constricteur.

Comment a-t-il pu imaginer un seul instant que j'étais assez naïf pour croire à son histoire de gomme magique ?

Émile ! C'est terrible ! Mercure a commencé à rétrograder

(Mom)

Je suis un sniper. Un tireur d'élite perdu derrière la ligne de front. Séparé des autres membres de mon commando, j'évolue seul en territoire ennemi. Ma mission : regagner ma base sans me faire prendre. Si je suis capturé, je serai interrogé, peut-être torturé. Je devrai expliquer la déchirure de mon pantalon, mes mains écorchées et la bosse sur mon front. Personne ne me croira quand je clamerai mon innocence. Surtout pas ma mère…

J'entre discrètement dans la maison et je referme la porte derrière moi, sans bruit. Accroupi, je calme les battements de mon cœur et j'évalue la situation. L'adversaire est dans la place, c'est sûr. Sa veste en fausse fourrure – Miss Je-Sais-Tout lui arracherait les yeux si Mom portait de la peau d'animaux morts – est accrochée au portemanteau. Trois pas en marchant en canard, et je traverse l'entrée. Je me redresse, l'épaule plaquée contre l'encadrement de la porte de la cuisine. Je risque un coup d'œil. Personne.

Glissant le long de la cloison, je me déplace jusqu'au salon. Désert, lui aussi. Mais qui sait s'il ne s'agit pas d'un piège ? La zone est à découvert, idéale pour une embuscade. Je me déchausse et m'engage sur la pointe des chaussettes, aussi discret qu'une souris traversant un bar à chats. Arrivé de l'autre côté, je me jette à plat ventre derrière un fauteuil. Je touche au but. Mon refuge n'est plus qu'à quelques mètres, au fond du couloir.

J'ajuste mon sac à dos et je commence à ramper. Coude droit, jambe gauche, coude gauche, jambe droite. Sur le parquet glissant, il ne me faut pas beaucoup de temps et d'efforts pour atteindre la porte de ma chambre. Par chance, elle est entrebâillée. Il me suffit de la pousser du bout des doigts pour qu'elle pivote sur ses gonds et me livre le passage. Je passe la tête. Et je me fige.

Il y a quelque chose d'inhabituel dans le décor. C'est une forme immobile, mais ce n'est pas une statue. Silencieuse, mais ce n'est pas un spectre. Inquiétante, mais ce n'est pas une créature mutante surgie d'un portail interdimensionnel. La chose est assise au bord de mon lit…

– Mom ! Qu'est-ce que tu fais là ?

– Émile ! C'est terrible ! répond-elle d'une voix blanche. Mercure a commencé à rétrograder…

Jules et Dounia prétendent que ma mère est une sorcière – jamais devant elle, bien sûr. C'est archifaux. Ma mère est astrologue. Et l'astrologie n'a rien à voir avec la sorcellerie.

C'est une science. Il suffit de jeter un coup d'œil aux feuillets que Mom couvre de diagrammes compliqués et d'équations mystérieuses pour s'en convaincre.

Je saute sur mes pieds et je place mon sac à dos devant mon jean déchiré, de façon à le soustraire à son regard. De toute façon, elle est trop préoccupée par Mercure pour remarquer quoi que ce soit.

– Tu sais ce que cela signifie, Émile ? poursuit ma mère. Tout va aller de travers à partir de maintenant. Il y aura des coupures d'Internet, des lettres vont se perdre et n'arriveront jamais à leurs destinataires, des omelettes colleront au fond des poêles même si on met beaucoup de matière grasse… Trois semaines comme ça ! Des contrats résiliés ! Des mariages annulés ! Et des migraines pour les Sagittaires et les Capricornes. Et ton père…

Aïe ! Je n'ai aucune envie de la suivre sur ce terrain-là. Alors, tout en faisant mine de l'écouter, je m'empare discrètement de mon portable. Mon index glisse sur l'écran tactile pour faire défiler la liste de mes contacts. Arrivé sur « Mom », j'enclenche d'une pichenette. La musique de *Star Wars* retentit aussitôt.

C'est mon père qui a installé cette sonnerie sur le téléphone que ma mère utilise pour travailler afin qu'on ne le confonde pas avec celui de la famille qui, lui, émet des gazouillis électroniques, comme si des oiseaux-robots nichaient à l'intérieur.

Contrariée, ma mère soupire et se lève pour se rendre dans le cagibi de la sorcière. C'est comme cela que nous appelons la pièce minuscule qu'elle s'est aménagée dans un ancien débarras. Elle a enlevé toutes les étagères et peint les cloisons en bleu nuit, agrémenté de symboles du zodiaque argentés. À l'intérieur, elle a installé un vieux fauteuil défoncé recouvert d'un plaid de laine, une table, un ordinateur et le téléphone.

Je tends l'oreille pour l'entendre prononcer la phrase rituelle :

– Cabinet d'astrologie, bonjour. Célia à votre écoute.

Ma mère s'appelle Sandrine. Célia est son nom de scène. Elle trouve que ça fait davantage astrologue.

Elle répète « allo » à trois reprises et, n'obtenant aucune réponse, elle finit par raccrocher.

Je sors en vitesse un bouquin de mon sac. Lorsque ma mère est de retour dans ma chambre, elle découvre son fils chéri installé à son petit bureau, en plein effort de révision : le crâne entre les mains, le front plissé, concentré à mort sur le livre ouvert devant lui.

– Désolé, Mom, dis-je, j'ai un contrôle de maths demain.

Elle penche la tête sur le côté. Ses yeux me fixent avec un mélange d'agacement (je devine que tu mens…) et de tristesse (… et ça me fait de la peine).

Elle va sortir de ma chambre lorsqu'elle se ravise.

– Émile, dit-elle, ton livre est ouvert à l'envers. Ce n'est pas un livre de maths, mais ton manuel d'histoire-géo. Enfin, ne t'inquiète pas pour ton contrôle de demain…

– Mercure va m'être favorable ? dis-je.

– Non… Demain, c'est samedi. Tu n'as pas cours…

Je ne veux pas d'ennuis avec les parents

(Émile)

À peine ma mère a-t-elle disparu que je plonge la main dans ma poche pour y récupérer la gomme soi-disant magique et la jeter dans ma corbeille. Je ne me débarrasse pas pour autant de ma frustration. J'enrage à l'idée que le vendeur de chez Fiesta Market m'ait cru à ce point naïf ! Quelle blague !

Tandis que de la cuisine monte le staccato d'un couteau qui émince les légumes sur la planche à découper, je file dans la salle de bains pour changer de pantalon. Je planque mon jean déchiré au fond du panier de linge sale, puis je désinfecte les plaies heureusement superficielles de mes mains et me masse le front avec un baume apaisant. Je suis un peu rouge, mais finalement pas tellement enflé.

De retour dans ma chambre, j'allume mon ordinateur et je file sur 100-films.com. C'est un site Internet où les dingues de cinéma établissent des listes de films : les 100 plus beaux films d'amour, d'aventure, de guerre… Je me connecte à mon compte pour peaufiner mon hit-parade des 100 films de fin du monde qu'il faut absolument avoir vus avant l'apocalypse.

Pour chaque film, je rédige une fiche avec le nom des acteurs, du réalisateur, la date de sortie, la durée et un résumé de l'histoire (sans divulguer la fin, bien sûr). Parfois, j'ajoute quelques anecdotes insolites. Les gens peuvent évaluer ma composition en m'accordant un pouce en l'air ou, au contraire, un pouce tourné vers le bas.

Mes vingt-sept premières prestations ont toutes eu droit à deux pouces en l'air. Je soupçonne Jules et Dounia. Mon vingt-huitième film commenté, *Le Jour où la terre s'arrêta*, date de 2008 – mon année de naissance. Il raconte l'histoire de Klaatu, un extraterrestre venu sauver notre planète et que les Terriens accueillent en lui tirant dessus.

Je termine mon résumé lorsque Miss Je-Sais-Tout déboule sans crier gare. Elle tient une feuille de papier et un crayon dans une main, un mégaphone dans l'autre.

La feuille que ma sœur me colle sous le nez me fait loucher. Je recule d'un pas pour découvrir un message rédigé en lettres majuscules. « PÉTITION : SAUVONS LES PERCHES DU DANUBE ! » Avant que j'aie le temps de réagir, Miss Je-Sais-Tout porte son mégaphone à sa bouche et, se tournant en direction de la cuisine, se met à beugler.

– Sauvez les perches du Danube ! Boycott ! Boycott ! Boycott !

À l'autre bout de la maison, ma mère lui répond. Elle doit être super furieuse parce que, même sans amplificateur, le niveau sonore de sa voix égale celui de ma sœur.

– Ça suffit ! Tu m'énerves à la fin !

Miss Je-Sais-Tout se tourne vers moi.

– Les perches du Danube sont victimes de la pêche intensive, martèle-t-elle. En manger, c'est assassiner tout l'écosystème du deuxième plus grand fleuve d'Europe après la Volga. Frère ! Signe la pétition !

Comme elle oublie de baisser son mégaphone, j'en prends plein les tympans.

– Écoute, dis-je, je ne veux pas d'ennuis avec les parents. Surtout en ce moment.

– Traître ! Déserteur ! Vendu ! Poltron ! crie-t-elle.

– Enfin, c'est ridicule, lui fais-je remarquer pour tenter de calmer le jeu. Il n'y aura que deux signatures sur ta pétition. La tienne et la mienne.

– Tu n'es qu'un renégat ! beugle-t-elle avant de tourner les talons.

Elle claque la porte si fort que les murs en tremblent. Mom surgit, fonçant dans la chambre de Miss Je-Sais-Tout comme une furie.

– Combien de fois devrai-je répéter que je ne veux pas qu'on claque les portes ? hurle-t-elle.

Puis elle repart en claquant la porte à son tour, pile au moment où la musique de *Star Wars* retentit. Mom se précipite dans le cagibi de la sorcière pour décrocher.

– Pas de consultation ce soir ! fait-elle avant de raccrocher sèchement.

À mon avis, l'astrologue Célia vient de perdre une cliente. De sa chambre, ma sœur brame à nouveau dans son mégaphone :

– Boycott ! Boycott !

Soudain, Miss Je-Sais-Tout se tait. En tendant l'oreille, je l'entends bouger, de l'autre côté de la cloison. Dieu seul sait ce qu'elle peut encore manigancer. Pour défendre ses idées, ma sœur est capable de tout. Après un moment, un peu inquiet, je décide d'aller voir de quoi il retourne.

J'entrouvre prudemment sa porte pour la découvrir assise, au centre de la pièce, entourée de ses poupées et de ses peluches (elle en a une quantité effrayante, mais toutes portent le label *Child labor free*, c'est-à-dire qu'elles n'ont pas été fabriquées par des enfants dans un pays pauvre). Un bâillon de ruban adhésif marron lui censure la bouche.

– Qu'est-ce que tu fais ?

Pour toute réponse, elle me désigne le carton qu'elle tient sur ses genoux. « Grève de la faim », est-il indiqué dessus.

Et en dessous, en plus petit, on peut lire : « jusqu'à demain matin ».

– Une grève de la faim jusqu'à demain matin ? Est-ce bien raisonnable ?

Ma chère sœur me fusille du regard et décolle doucement son bâillon.

– Maman a acheté des céréales au chocolat, équitables et sans huile de palme, marmonne-t-elle. Je ne peux pas lutter. Je les adore.

Puis elle reprend son mégaphone pour brailler ses slogans. Ma mère rétorque en vociférant depuis la cuisine. Et pour couronner le tout, la musique de *Star Wars* n'arrête pas de retentir dans le cagibi de la sorcière.

Je me réfugie dans ma chambre pour fuir ce chaos, mais aussi parce que je viens d'avoir une idée.

Au fond de la corbeille, coincée entre deux boulettes de papier, un emballage de barre chocolatée et un vieux feutre sec, la gomme semble me mettre au défi.

Qu'est-ce que je risque, après tout ?

Je la récupère.

Je m'installe à mon bureau.

J'ouvre le tiroir à ma gauche pour en sortir une feuille de papier, aussi blanche qu'un champ de neige sur lequel personne n'a encore marché.

Puis je prends un crayon.

Je le pose, bien parallèle au bord de la feuille. De l'autre côté, à droite, je dispose la gomme.

Je ferme les yeux. Il me semble que cet essai doit se dérouler avec la solennité d'un rituel sacré. Je me remémore les consignes du vendeur de Fiesta Market.

Enfin, j'ouvre les yeux et m'empare du crayon. En retenant mon souffle, je trace de belles lettres bien lisibles pour former les mots « perches du Danube ».

Tous mes gestes sont ralentis, comme si j'agissais dans une autre dimension. Un univers en apesanteur où les hurlements de ma mère, les cris de ma sœur et les sonneries du téléphone sont étouffés.

Puis je prends la gomme. Une douce chaleur irradie entre mes doigts. À moins qu'il s'agisse d'un tour de mon imagination. Lorsque je commence à frotter, sur le papier, les lettres s'effacent facilement. Si elle n'a aucun pouvoir magique, au moins, cette gomme est très efficace. Je n'aurai pas tout perdu dans cette histoire.

– À table ! appelle ma mère.

– Plutôt mourir ! répond ma sœur.

Je contemple la feuille devant moi. Il n'y a plus la moindre trace des mots que j'ai rédigés quelques instants plus tôt. Seuls subsistent quelques résidus pelucheux que je balaye de la main. Lorsque je sors de ma chambre, des protestations émanent du côté de chez Miss Je-Sais-Tout.

– Non à la dictature maternelle ! hurle ma sœur en s'accrochant au pied de son lit tandis que ma mère tente de l'emmener de force.

Je renifle. Une odeur bizarre me chatouille les narines. Cela vient de la cuisine. Une fumée noire et âcre s'en échappe.

– Mom ! Les poissons sont en train de cramer !

Ma mère se précipite à la cuisine. Trop tard ! Dans la poêle, il ne reste plus que quelques arêtes calcinées. Comme des brindilles de charbon. Mais de poisson, plus rien.

Notre dîner, ce soir-là, se déroule la fenêtre grande ouverte pour chasser l'odeur de brûlé qui imprègne la pièce. Miss Je-Sais-Tout a finalement accepté de se joindre à nous pour déguster du chou-fleur. Il est originaire de Bretagne et issu d'une agriculture biodynamique, écoresponsable et respectueuse de l'environnement.

Je pioche dans mon assiette, sans appétit. La tête me tourne. Je n'arrive pas à y croire. La gomme a-t-elle vraiment fait disparaître les perches en les réduisant en cendres ?

Soudain, ma mère m'interpelle.

– Émile !

Je lui adresse un regard de somnambule que l'on vient de réveiller.

– Est-ce que ça va ? me demande-t-elle, une ride inquiète barrant son front.

– Il est très bon, ce chou-fleur, dis-je.

– Alors, pourquoi trempes-tu ton pain dans ton verre d'eau ?

Je regarde stupidement la tartine dégoulinante au bout de mes doigts.

Le repas terminé, nous aidons Mom à débarrasser la table, puis je me précipite dans ma chambre. Je tourne et retourne la feuille redevenue blanche.

Sur cette feuille de papier, j'avais écrit « perches du Danube ».

Puis j'ai effacé ces mots.

Et les perches du Danube ont disparu.

Impossible ! C'est une coïncidence. Oui, c'est forcément une coïncidence. Sinon, quoi ?

Tu vois un peu ça, quand ton père s'y met ?

(Dad)

Quand Mom vient me tirer de mes rêves le lendemain matin, elle est déjà habillée pour sortir, son manteau sur le dos. Il me faut quelques secondes pour émerger du sommeil et me souvenir qu'on est samedi. Jour de marché.

Je me traîne en mode zombie jusque devant le bol de chocolat chaud qui m'attend dans la cuisine. Miss Je-Sais-Tout trépigne dans l'entrée, prête à partir, elle aussi. Elle est pressée de rejoindre ses amis de la esse-dé-pé-vé : la Société de Défense du Patrimoine Vivant. Le plus surprenant n'est pas qu'à 8 ans, ma sœur soit la plus jeune des bénévoles de l'association, mais qu'elle en soit également la plus intelligente. C'est même effrayant, quand on y réfléchit.

Quelques minutes après le départ des filles, Dad fait son apparition. Figure chiffonnée comme une boulette de papier qu'on aurait défroissée, yeux gonflés, menton constellé de petits piquants noirs de barbe. Hier soir, il est rentré tard de son travail. Mon père est correcteur-réviseur au magazine *Scoop Planète*. Il lui arrive de passer la soirée avec ses collègues à discuter de choses extrêmement importantes comme l'accord du participe passé des verbes pronominaux.

Dad s'installe à côté de moi avec le mug que Miss Je-Sais-Tout lui a offert pour la fête des pères et qui lui rappelle chaque matin qu'il faut préserver la forêt amazonienne. Il se verse une grande rasade de café brûlant.

– Comment ça va ? me demande-t-il.

Et sans attendre ma réponse, il fait un truc insensé : il glisse une tartine dans le grille-pain. Mes yeux s'agrandissent d'horreur et mes index sautent tout seuls dans mes oreilles. Dans cette maison, tout le monde sait ce qui arrive lorsqu'on utilise cet appareil : un éclair fuse, le tableau électrique disjoncte, puis de la fumée s'échappe de l'appareil qui éjecte un morceau de charbon.

Cette fois, pourtant, rien de tout cela ne se produit. Et je n'en reviens pas quand mon père dépose une appétissante tartine dorée devant moi.

– Tu l'as réparé, dis-je, ébahi.

– Bah, ce n'était pas grand-chose, répond-il en faisant crisser les poils de sa barbe dans le creux de sa main. Bon appétit, mon gars.

Dad semble fier de lui. Il lève un doigt en l'air pour attirer mon attention.

– Pas fini ! dit-il.

En trois entrechats, il parcourt la distance qui sépare le grille-pain de l'évier. Il roule des yeux, comme un magicien qui s'apprête à faire sortir un lapin de son chapeau et désigne le robinet d'un geste ample. Il ne manque qu'un roulement de tambour lorsqu'il l'actionne. Nouveau prodige : l'eau s'écoule droit dans le bac. C'est incroyable car en temps ordinaire, le jet capricieux et imprévisible peut aussi bien vous gicler en pleine poire ou arroser tout alentour. Je m'approche pour vérifier, mais je ne décèle aucun trucage.

– Un petit détartrage, et voilà ! triomphe mon père.

Admiratif, j'hésite à applaudir sa performance, mais Dad repart déjà, sautant à pieds joints comme un kangourou jusqu'aux toilettes. Il ouvre la porte, la ferme. Il l'ouvre. Il la ferme. Cinq, six fois de suite. Je ne comprends pas où il veut en venir, alors, mon père se tapote l'oreille de l'index, indice que je dois utiliser l'ouïe pour deviner de quoi il s'agit cette fois. Eurêka ! La porte ne grince plus.

– Tu as graissé les gonds, dis-je.

– Non, je les ai frottés avec du savon. Un truc de ma grand-mère...

Il m'entraîne ensuite dans le salon pour me faire constater que la tringle à rideaux au-dessus de la porte-fenêtre qui ouvre sur la terrasse est remise en place. Dans le couloir qui mène aux chambres, un autre miracle se produit lorsque mon père appuie sur l'interrupteur : la lumière jaillit du plafonnier !

– Tu as changé l'ampoule...

– Tu vois un peu ça, quand ton père s'y met ? Ça ne rigole pas, hein !

Je ne sais pas trop quoi lui répondre. Cette fièvre du bricolage m'étonne autant qu'elle m'inquiète. J'ai peur qu'elle cache quelque chose, sans savoir quoi exactement.

– Super, Dad ! dis-je avant de retourner dans la cuisine où m'attendent mon chocolat chaud et ma tartine grillée.

Mon père me rejoint en sifflotant. Il s'assied en face de moi et tend le bras pour allumer la radio. Le poste crachote un peu avant que ne s'élève la voix d'un animateur. Il paraît tout excité. « Stéphanie ! » s'exclame-t-il. « Vous êtes notre envoyée spéciale à Budapest, capitale de la Hongrie arrosée par le Danube. Expliquez-nous ce qui se passe avec les poissons de ce fleuve. Quel est ce mystère ? »

Les mots Danube et poisson me font dresser l'oreille.

« Les perches du Danube ne sont pas une espèce en voie de disparition », commence une voix de jeune femme, sur un ton grave. « Non ! Les perches du Danube sont, à l'instant où je vous parle, une espèce disparue ! Ce poisson de la famille des percidés, une espèce qui prospère dans toute l'Europe du Nord, a été soudainement décimé par un mystérieux virus. Selon les spécialistes que nous avons interrogés, la maladie s'attaque au cerveau des poissons. Les perches devenues folles se sont dévorées les unes les autres jusqu'à ce qu'il n'en reste plus une. Par mesure de précaution, tous les stocks de perches du Danube ont été retirés des magasins. Et toutes les personnes qui en détiennent encore dans leur frigo ou leur congélateur doivent les jeter à la poubelle. »

L'animateur reprend l'antenne. « Merci, Stéphanie », dit-il. « Vous avez raison, mieux vaut être prudent. Il ne faudrait pas que le virus présent dans le poisson contamine l'homme… qui deviendrait à son tour cannibale. »

Je me lève, totalement sous le choc. Est-il possible que la gomme magique soit responsable de cette extinction mondiale ? J'ai la tête qui tourne. Je me dirige vers la salle de bains en titubant.

– Tu ne finis pas ton bol et ta tartine ? me demande mon père.

– Désolé, Dad, dis-je. Je ne sais ce que j'ai, ce matin, mais je n'ai pas faim. Je file à la douche… En plus, je dois rejoindre mes potes, et je suis en retard.

C'est à moitié vrai. Car avant de rejoindre Jules et Dounia, j'ai bien l'intention d'aller faire un tour chez Fiesta Market pour tirer les choses au clair.

On a un milliard de trucs à régler !

(Dounia)

J'exécute ma toilette en un temps qui mériterait de figurer dans *Le livre des records*. Je passe tellement vite sous la douche que l'eau n'a pas le temps de me mouiller. Alors que je sors de la salle de bains, un remue-ménage provenant de la chambre d'amis attire mon attention.

Je me risque à jeter un œil, avec la crainte de déranger un ours en train de déménager sa grotte. Le canapé-lit est ouvert. Ce n'est pas nouveau, Dad y dort depuis plusieurs semaines maintenant. Ce qui est plus inhabituel, ce sont les étagères vides : où sont les bouquins et les dictionnaires ? Et où sont passés les vêtements qui étaient pendus au valet ? Enfin, à quoi riment tous ces cartons qui encombrent la pièce ? Certains sont scellés avec un gros ruban adhésif marron. Leur contenu est indiqué au feutre : « Linge + CD » ou « Serviettes + livres ».

Autre anomalie : les photos qui ornaient le mur du fond ont disparu. Hier encore, il y avait là un cliché de Miss Je-Sais-Tout soufflant sur les bougies de son gâteau d'anniversaire. Un selfie de nous quatre en vacances à la mer. Un portrait de Mom, jeune, avant ma naissance. Une autre photo d'elle à la maternité avec un bébé tout rouge – c'est moi ! – dans les bras… Où sont-ils, tous ces souvenirs ? Pas loin. Enfermés dans un carton sur lequel Dad a écrit au marqueur noir « Serviettes + chaussettes + photos ».

Mon père n'a pas remarqué ma présence. Il est trop occupé à se battre avec une lampe d'architecte récalcitrante. Il lui appuie sur la tête pour la faire rentrer dans un carton, mais dès qu'il la lâche, elle jaillit comme un diable de sa boîte avec un bruit de ressort : spooiiing !

La scène pourrait être comique, mais une boule d'angoisse m'étreint, comme si une main me plongeait dans la poitrine pour me serrer le cœur. Je quitte la pièce à reculons, sans bruit. À peine sorti, je m'élance comme un dératé en direction du Fiesta Market. Des questions me brûlent les lèvres.

Je retrouve le vendeur perché en haut d'un escabeau, en train de suspendre au plafond une pancarte sur laquelle est indiqué : « PROFITEZ DES SOLDES : PAYEZ-VOUS UNE BONNE TRANCHE DE RIRE ! »

Il a échangé son costume d'oiseau pour un pantalon rouge et vert. Plus exactement, la jambe gauche est rouge écarlate, la droite vert forêt. Sa veste aussi est bicolore : un côté bleu, l'autre jaune. La touche finale de cet accoutrement consiste en un minuscule chapeau melon rouge orné d'une énorme marguerite en plastique, posé en équilibre et de travers sur le sommet de son crâne.

– La gomme ! lui dis-je en lui tombant dessus. Elle marche !

– Bonjour à toi aussi, me répond-il. Évidemment qu'elle fonctionne. Qu'est-ce que tu imagines ? Qu'on vend de la camelote, ici ?

– J'ai cru que vous m'aviez fait une blague, je poursuis. C'est affreux ! Je… Je…

Soudain, les mots ne veulent plus sortir de ma bouche. Le vendeur de farces et attrapes abandonne son écriteau et s'assied sur la dernière marche de son escabeau. Avec son costume bariolé et ses genoux remontant sous le menton, on dirait un perroquet géant sur son perchoir. Derrière lui, fixé d'un seul côté, l'écriteau pendouille de guingois.

– Calme-toi, me dit-il. Voyons… qu'as-tu fait disparaître ?

Je fais un effort pour lui répondre :

– Les perches du Danube !

Et j'ajoute aussitôt :

– TOUTES les perches du Danube !

Le vendeur se redresse et se laisse glisser au bas de son échelle.

– J'ai entendu cette histoire à la radio, souffle-t-il. Bon sang, tu n'y es pas allé de main morte. Qu'est-ce qui t'a pris ? Qu'est-ce qu'elles t'avaient fait, ces bestioles ?

– C'est une longue histoire. Je voulais faire un essai…

– Et tu l'as fait avec la première chose qui t'est passée par la tête. Ce qui est fait est fait. N'en parlons plus. Je suis tout aussi fautif que toi, j'aurais dû prendre le temps de t'expliquer le mode d'emploi.

Il se tait et semble chercher ses mots.

– La gomme fonctionne au premier degré, dit-il enfin. Imagine que tu désires faire disparaître un jouet, une petite voiture. Si tu écris et effaces juste le mot « voiture », ce sont toutes les voitures que la gomme va faire disparaître, tu comprends ? Elle ne sait pas ce que tu as en tête, alors tu dois absolument bien définir ce que tu veux faire disparaître avant de passer à l'action. Dans mon exemple, tu dois écrire « modèle réduit de décapotable rouge que mes parents m'ont offert pour mon anniversaire ». Tu comprends ?

Il a l'air très sérieux. J'aurais préféré qu'il éclate de rire en me disant que cette histoire de gomme magique n'était qu'une grosse plaisanterie.

– Est-ce qu'il y a d'autres choses que je dois savoir ?

Il réfléchit.

– Tu es bon en orthographe ? me demande-t-il soudain.

– La dictée n'est pas mon point fort, suis-je bien obligé de reconnaître.

– C'est embêtant, dit-il alors en faisant la grimace. Parce que, vois-tu, si tu fais une faute dans le mot que tu veux effacer, la gomme magique ne fonctionnera pas.

Il me raccompagne jusqu'à la sortie du magasin.

– Fais très attention à l'avenir, me recommande-t-il en posant une main sur mon épaule. Je suis sûr que tu as vu le film *Spiderman*.

Je fais signe de la tête que oui.

– Alors, souviens-toi de ce que dit l'oncle de Peter Parker : « Un grand pouvoir implique de grandes responsabilités ».

Je me retrouve dans la rue, abasourdi, médusé, écrasé par ces mots. Je prends la direction de notre quartier général. Cette fois, je suis archi en retard. Mes potes doivent tourner comme des lions en cage en m'attendant. Ce n'est pas une raison pour négliger la sécurité. Je longe donc la rue principale sans me presser, les mains dans les poches, avec l'air d'un promeneur qui ne connaît pas le but de sa balade. Les sens en alerte, je scrute les alentours sans rien repérer de suspect.

Je me baisse et feins de renouer un lacet défait. C'est une ruse pour débusquer un éventuel suiveur. J'ai appris ce truc dans un film d'espionnage. Une autre astuce consiste à s'arrêter devant la vitrine d'un magasin et de l'utiliser comme un rétroviseur pour observer ce qui se passe dans son dos.

Après quelques détours dans les rues, certain que personne ne me colle aux baskets, j'arrive enfin devant une bâtisse tellement délabrée que même les punks à chiens du centre-ville ont renoncé à squatter ici pour boire des bières.

La maison du garde-barrière est abandonnée depuis plus de vingt ans. Le crépi gris clair de la façade lépreuse tombe par plaques. Les fenêtres sont presque toutes brisées. Sur le toit, la moitié des tuiles ont disparu. Et derrière ce triste pavillon, les rails peuvent finir de rouiller paisiblement: plus aucun convoi ne circule sur la voie envahie par les herbes folles.

Un coup d'œil à gauche, un coup d'œil à droite et je m'engage dans ce qui fut sans doute un jour un charmant jardinet et qui n'est plus aujourd'hui qu'une friche que se disputent les orties, les pissenlits et les camomilles sauvages. Contournant la maison par la gauche, je me retrouve face à une porte vermoulue et disjointe. Je frappe trois coups rapprochés contre le panneau de bois (toc, toc, toc) puis, après une courte pause, deux nouveaux coups (toc, toc), et enfin, après une dernière pause, un seul coup (toc).

J'entends un bruit de mouvement à l'intérieur. Puis une voix.

– Là où j'irai… commence-t-elle.

– … mes potes iront ! dis-je.

La porte s'ouvre.

– Qu'est-ce que tu fichais ? s'énerve Dounia. On a un milliard de trucs à régler !

Alors, mon père, c'est le 1 %

(Émile)

Notre quartier général est une pièce carrée, à peine plus grande que ma chambre. Le sol est couvert de gravats, de plâtre tombé du plafond et de poussière. En levant la tête, on aperçoit la charpente à travers les lézardes. La première fois que nous l'avons exploré, Jules et moi – Dounia était clouée au lit par la grippe –, l'endroit était sinistre et sentait l'humidité. Des toiles d'araignées s'accrochaient à nos visages et nous fichaient la chair de poule. Le décor idéal pour un film d'Halloween.

Depuis, nous avons fait un peu de ménage et arrangé les lieux avec du mobilier venant tout droit de chez « La récup ». Une table aux pieds piqués par les vers trouvée à la décharge fait office de pupitre pour le maître de séance, rôle que nous tenons à tour de rôle. Trois chaises de jardin en plastique dépareillées ramassées aux encombrants améliorent notre confort.

La salle où nous nous réunissons servait sans doute de bureau au garde-barrière. Elle est percée d'une unique fenêtre qui donne sur l'arrière du bâtiment. Sur le mur en face, on peut encore consulter le tableau des horaires de passage des trains. Et à côté, trois cadres en bois contenant des photos en noir et blanc découpées dans un journal présentent des métiers du chemin de fer.

Le visiteur est le plus impressionnant. Le visage maculé de noir, il brandit un marteau devant la chaudière d'une locomotive à vapeur. Un petit texte explicatif précise qu'il frappait les parties métalliques de la machine – on dit qu'il les visitait – pour déceler un bruit suspect trahissant une fissure ou une cassure.

Le lampiste, lui, pousse un chariot rempli de grosses lanternes. Il était responsable de l'éclairage de la gare et des trains.

La dernière photo est la plus amusante. On y voit deux hommes. L'un s'affaire sur les rails à l'aide d'un outil qui ressemble à celui que mon père avait utilisé pour dévisser une roue de la voiture, le jour où nous avions crevé en allant voir mes grands-parents. À côté de lui, un autre cheminot, droit comme un I majuscule, porte une petite trompette à sa bouche. Il s'agit de l'annonceur. Lorsqu'un train arrivait, il soufflait dans son instrument pour alerter les ouvriers travaillant sur les voies.

Mes potes et moi avons promu ces employés du chemin de fer gardiens de notre cachette. Nos délibérations commencent toujours par un hommage rituel.

– Salut à toi, Visiteur !

Révérence.

– Salut à toi, Lampiste !

Révérence.

– Salut à toi, Annonceur !

Révérence.

Ce cérémonial achevé, Dounia, puisque c'est son tour, s'installe derrière la table du président tandis que Jules et moi nous laissons tomber dans les chaises en plastique.

– La séance est ouverte, déclare ma pote. Qui veut prendre la parole ?

Jules lève la main.

– Tu cherches toujours un moyen de faire capoter le divorce de tes parents ? me dit-il en sortant une page de magazine pliée en quatre de la poche arrière de son jean. Tiens, c'est un article sur les enfants dont les parents se séparent. Je l'ai trouvé dans *Atout femme.*

– Tu lis les journaux féminins, toi ? ricane Dounia.

– Ma mère. Moi, je ne regarde que les petites BD et des fois, comme ça, un article qui m'intéresse.

– Et les histoires de divorce, ça t'intéresse ?

– C'est pour Émile, poursuit mon pote. L'article détaille les signes montrant qu'un enfant vit mal une séparation. Les symptômes qui doivent alerter les parents sont la perte d'appétit, le manque de sommeil et un changement d'attitude. Par exemple, s'il ne joue plus aux jeux vidéo alors qu'il adorait ça. Enfin, peuvent survenir des épisodes d'énurésie nocturne. Cela veut dire…

– Je sais très bien ce que cela veut dire, merci. C'est le mot savant pour « pipi au lit ». Excuse-moi : je ne vois pas en quoi tout cela peut m'être utile.

Un sourire plein de malice éclaire le visage de mon pote.

– C'est pourtant simple : tu vas feindre tous ces symptômes. Comme ça, tes parents vont avoir la frousse et ils renonceront à se quitter.

– Si je comprends bien, dis-je, tu me conseilles de devenir anorexique, insomniaque, de me mettre à marcher comme un zombie, à grogner quand on m'adresse la parole et à baver. Je dois aussi me priver de *Counter-Strike* et pisser au lit ! Super !

Jules me dévisage avec des yeux ronds. Dounia, elle, a bien compris que l'idée ne m'emballe pas.

– C'est comment l'ambiance, chez toi ? demande-t-elle.

– Bizarre. Mon père est atteint de la folie du bricolage, ma sœur s'occupe du réchauffement climatique. Ma mère, tout ce qui la préoccupe, c'est la rétrogradation de Mercure. Des fois, j'ai l'impression de vivre dans un asile de fous…

– Tu vas habiter une semaine chez l'un, une semaine chez l'autre ? demande encore Dounia.

– Vrai de vrai : je n'en ai aucune idée… Tout ce que je sais, c'est que cet été, pour la première fois, Dad n'est pas venu en vacances avec nous. Avant ça, je m'étais aperçu que nous prenions de plus en plus souvent nos repas sans lui. Et qu'il dormait dans le canapé-lit de la chambre d'amis.

Mes potes me regardent avec un air désolé.

– Il y a trois mois, mes parents nous ont convoqués dans le salon, Miss Je-Sais-Tout et moi, dis-je. Ils avaient quelque chose d'important à nous dire. Ma mère a commencé par expliquer que mon père et elle s'étaient aimés très fort. Vénus était en transit dans le signe de la Balance. Bla ! Bla ! Bla ! Et voilà que Vénus était partie se balader ailleurs. Et à présent, nos parents ne s'aimaient plus. Ou plutôt, s'aimaient différemment. Bla ! Bla ! Bla ! Cela ne signifiait pas qu'ils nous aimaient moins, ou qu'ils ne nous aimaient plus qu'à moitié. Bla ! Bla ! Bla !

Tandis que je parle, je sens une boule grossir dans ma poitrine. La même que ce jour où Mom s'était soudain arrêtée de parler avant de nous demander si on comprenait bien ce qui se passait. Merci bien ! Inutile de me faire un dessin... Je comprenais que j'allais grossir le rang de ceux qui ont deux maisons, deux chambres, deux anniversaires, et un cœur coupé en deux.

– Et puis, le coup de grâce. Mom a annoncé que Dad allait quitter la maison pour s'installer prochainement avec « son amie ». Prochainement ? Avec son amie ? D'où sortait-elle, celle-là ?

– Tu l'as déjà vue, la nouvelle copine de ton père ? me coupe Dounia.

– Non, et je n'ai pas envie de la connaître. Rien que l'idée d'être dans la même pièce et de respirer le même air qu'elle me révulse.

– Tu as tort, poursuit ma pote. Il faut qu'on enquête, qu'on découvre qui elle est, et tout savoir sur elle. À quoi elle ressemble, ce qu'elle fait dans la vie, si elle est vegan, si elle mange sans gluten, si elle fait du yoga ou si elle joue au rugby. Son boulot, ses habitudes, ses marottes, tout !

– Ouais ! On va jouer aux détectives ! s'exclame Jules.

– Quand on aura recueilli un maximum de renseignements sur elle, de la pointure de ses chaussures jusqu'à la taille de ses petites culottes, on pourra mettre au point une stratégie pour se débarrasser d'elle. Et ton père reviendra chez vous.

– Dans l'article, ils disent que 99 % des hommes qui partent s'installer avec une nouvelle compagne ne retournent jamais dans leur ancien foyer, dit Jules.

– Alors, mon père, c'est le 1 %, je lui réponds.

– Tu connais son adresse, à cette fille ? me demande Dounia.

– Non, mais j'imagine que ma mère peut me la donner.

– Dès que tu l'as, poursuit Dounia, tu nous l'envoies par SMS. On se relaiera pour surveiller ses allées et venues. Le plus tôt sera le mieux.

– T'es vraiment forte, j'admets.

– C'est vrai, dit-elle. Parfois, mon propre génie m'effraie.

Ma pote me regarde, puis elle se tourne vers Jules. Elle fronce les sourcils et pince les lèvres. Un silence gêné s'installe. Dounia se racle la gorge.

– Bon ! Et pour Petsy Pepsie, vous avez parlé à vos parents ? finit-elle par demander.

Je cherche de nouvelles fissures dans le plafond. Jules est soudain très intéressé par un moineau qui picore entre les traverses de la voie ferrée que l'on aperçoit par la fenêtre.

– Alors ? s'impatiente-t-elle.

– C'est compliqué pour moi en ce moment, dis-je.

– Tu n'as pas demandé, maugrée-t-elle.

Je secoue la tête négativement. Ma pote se tourne vers Jules.

– Et toi ? lui demande-t-elle.

– J'ai dit à ma mère que Petsy Pepsie passait en concert.

– Et ensuite ?

– Je lui ai expliqué que ma pote Dounia était fan.

Jules se met à se dandiner en chantant : « Aïe, aïe, aïe, y a ma tête qui déraille, ouille, ouille, ouille, y a mon cœur qui dérouille. »

– Arrête ! Qu'a-t-elle dit ?

– Elle m'a demandé si j'aimais aussi…

– Super ! Et qu'as-tu répondu ?

Jules se fige d'un coup, l'air navré. Ses yeux font le tour de la pièce comme s'il cherchait la sortie de secours.

– J'ai dit que non, que je détestais. Ça m'a échappé. Désolé.

Pas de cris. Pas de larmes. Pas de visage qui vire soudain au rouge. Pas de mains arrachant les cheveux. Pas de pieds qui trépignent. Dounia ne fait aucun des trucs que font les filles dans les films pour montrer qu'elles sont folles de rage.

Elle se contente d'enfoncer ses écouteurs dans ses oreilles et de quitter le quartier général, passant devant nous sans un mot, sans un regard.

– Elle n'a pas salué les gardiens, balbutie Jules, sidéré par ce sacrilège.

On n'a pas encore inventé
La voiture qui se conduit toute seule,
à ce qu'il paraît !

(Dad)

Après nous être nous-mêmes inclinés devant chaque portrait, nous courons pour rattraper Dounia sur le boulevard qu'elle remonte à grandes enjambées. Et lorsque nous parvenons enfin à son niveau, elle marmonne sans desserrer les dents :

– Vous êtes nuls… Vraiment nuls…

Inutile de discuter. Pour bien nous le faire comprendre, Dounia a mis le volume de sa musique à fond. Si fort que nous pouvons distinctement entendre Petsy Pepsie chanter son fameux « Aïe, aïe, aïe, y a ma tête qui déraille, ouille, ouille, ouille, y a mon cœur qui dérouille. »

Franchement, je ne sais pas comment fait ma pote pour écouter ce genre de trucs. Moi, la musique pop acidulée et la voix haut perchée de Petsy Pepsie me filent la chair de poule. Mais c'est comme ça, Dounia l'adore. Elle est fan. Elle connaît toutes ses chansons par cœur. Elle est abonnée à sa page Facebook et elle la suit sur Instagram. À une époque, elle a même voulu se faire teindre les cheveux en roux pour ressembler à son idole. Ses parents ont tout de suite mis le holà.

Quand elle a appris que Petsy Pepsie donnait un concert dans notre ville la semaine prochaine, Dounia nous a suppliés de l'accompagner. Car, là encore, ses parents sont d'accord pour qu'elle y assiste, mais pas toute seule. C'est pourquoi elle avait suggéré qu'on se dévoue, Jules et moi. Pour une fois qu'elle nous demande un service, nous lui faisons faux bond. Je comprends qu'elle soit furieuse et qu'elle répète :

– Archi, archi, archi nuls !

Perdu dans mes pensées, je ne m'aperçois pas que Dounia vient de s'arrêter devant moi. Emporté par mon élan, je la percute, et Jules, surpris par cet arrêt brutal, me tamponne par l'arrière.

– Qu'est-ce qui se passe chez toi ? demande ma pote en retirant les écouteurs de ses oreilles.

Bonne question. La voiture de Dad est garée dans l'allée qui mène chez nous. Rien d'étonnant. Sauf qu'elle disparaît sous une tonne de cartons. Des petits, des moyens, des gros, il y en a tellement qu'on ne distingue plus que le toit du véhicule. Encore plus bizarre : cette étrange pyramide est cernée par une demi-douzaine de personnes figées, comme si elles avaient été frappées par un sort et transformées en mannequins de cire.

Nos voisins – un couple de retraités fanas de jardinage – sont plantés au milieu de la haie de laurier qui sépare nos maisons. Le facteur a déposé sa bicyclette par terre au milieu du trottoir. Juste à côté de lui se tiennent deux types en bleu de travail. Des ouvriers sans doute, car l'un est équipé d'une clé à molette, l'autre, d'un marteau. Il y a encore une grosse dame que je ne connais que de vue, et qui a laissé tomber son cabas rempli de courses à côté du vélo du facteur.

Présents également, le père Gauchard, qui habite en face de chez nous, et madame Sandrinelli qui habite la dernière maison au bout de la rue. Le premier a lâché la laisse de son labrador. La seconde a abandonné ses enfants à leur sort : deux garçons de 7 et 9 ans et une fillette d'environ 2 ans sanglée dans une poussette.

Et tous ces gens pétrifiés regardent dans la même direction : la porte d'entrée de chez moi. Personne ne se soucie ni du labrador qui gambade partout, ni des gamins qui lui courent après en poussant des cris d'Indiens tandis que, dans sa poussette, la petite dernière bat des mains pour les encourager.

– Ils jouent à un, deux, trois, soleil, ou quoi ? demande Jules.

– Aucune idée, dis-je.

Soudain, un nouveau carton pourvu de jambes apparaît dans l'encadrement de la porte.

– À gauche ! À gauche ! se mettent aussitôt à crier nos voisins.

– À droite ! À droite ! s'égosillent le facteur et le père Gauchard.

Les hurlements fusent de toutes parts.

– Par ici !

– Par là !

– En haut !

– En bas !

– Sur le côté ! Non ! Pas ce côté-là ! L'autre côté !

Le carton à pattes essaye de suivre chacun de ces conseils. Il avance, recule, repart, tourne d'un côté puis de l'autre, revient sur ses pas comme un robot déboussolé.

La tête de Dad jaillit soudain au-dessus du carton. Son visage est rouge et ses joues gonflées par l'effort. Après un temps d'arrêt, mon père fonce en direction d'une pile sur laquelle il dépose son fardeau avec un soupir de soulagement.

– Joli coup ! exulte l'homme au marteau.

– N'importe quoi ! Il fallait le poser à droite, rétorque la grosse dame qui ne s'est pas aperçue que le labrador du père Gauchard explorait son cabas.

Dad sort un mouchoir de sa poche et s'éponge le front. Une chape de silence retombe tandis qu'il repart vers la maison. Dès qu'il réapparaît avec deux petits cartons, un sous chaque bras, les cris reprennent de plus belle.

– Il y a un trou au centre ! beugle madame Sandrinelli. C'est votre seule chance !

Cette fois, tous les participants semblent d'accord.

– Au centre ! Au centre ! crient-ils dans un bel ensemble.

Mon père s'exécute. Les deux cartons s'encastrent parfaitement et Dad lève les bras comme s'il venait de marquer le but de la victoire.

– C'est Tetris, un Tetris grandeur nature ! dis-je en me retournant vers mes potes.

Je contourne notre voiture pour rejoindre mon père.

– Qu'est-ce que tu fabriques, Dad ? je lui demande.

– Cela ne se voit pas ? maugrée-t-il, les mains sur les hanches. Je tente de résoudre un problème mathématique.

Il ouvre le coffre qui bâille comme la gueule d'un ogre affamé.

– Comment faire entrer l'énorme bric-à-brac que tu peux admirer ici dans un véhicule aussi petit ? dit-il.

– Tu comptes vraiment caser tous ces cartons là-dedans ?

– Il le faudra bien, mon garçon. Et il faudra qu'il me reste assez de place pour me glisser derrière le volant. On n'a pas encore inventé la voiture qui se conduit toute seule, à ce qu'il paraît !

Dad attrape un premier carton et le fourre dans le coffre.

Aussitôt, les joueurs se réactivent. Le père Gauchard se précipite.

– Prenez celui-là ! dit-il. Celui où il est marqué « Serviettes + chaussettes + photos » !

Il est tellement obnubilé qu'il ne s'aperçoit pas que son chien s'enfuit avec un chapelet de saucisses trouvé dans le cabas de la grosse dame.

L'homme à la clé à molette et son compère au marteau s'en mêlent à leur tour.

– Les plus lourds en dessous, les plus légers au-dessus, conseillent-ils.

Mon père reprend sa course. Au bout de dix minutes de ce manège, il est en nage et plus essoufflé qu'une locomotive asthmatique montant une pente de l'Everest.

– Pouce ! Pitié, les amis, supplie-t-il, plié en deux, les mains sur les genoux.

Mom dit toujours que mon père est un intellectuel : il a un Mercure très bien placé en Gémeaux. Mais que l'exercice physique n'est pas son fort. C'est certain. En revanche, je ne l'ai jamais vu à court d'idées.

– Et si on s'y mettait tous ensemble ? dit-il en se cambrant pour soulager son dos.

Ces mots déclenchent la ruée. Nos voisins piétinent leur haie de laurier pour sauter de notre côté. Le facteur bouscule le père Gauchard, dont le labrador partage son butin avec les enfants de madame Sandrinelli. Le chien, les deux garçons et le bébé dans sa poussette croquent à qui mieux mieux dans les saucisses.

La grosse dame, à la surprise générale, se montre plus véloce que sa silhouette enveloppée ne le laissait supposer. Elle est la première à enfourner un carton dans notre voiture.

Satisfait, Dad observe ses voisins en train de faire son travail à sa place. Même s'il affiche un petit sourire de contentement, je n'ose pas l'interroger.

Il y a bien quelques chamailleries, quelques bousculades, mais au bout du compte, les bénévoles finissent par tout – absolument tout ! – caser dans l'habitacle.

Pour réaliser cette prouesse, le moindre espace a été exploité. Il y a des cartons partout. Du sol au plafond, sur la banquette arrière, sur le siège passager, dans le coffre, sur la plage avant… Je me demande même s'il n'y en a pas dans les vide-poches !

À présent, les joueurs retiennent leur souffle, car Dad s'approche pour fermer le hayon. À trois reprises, il claque la porte du coffre. À trois reprises, elle se rouvre, comme mue par un ressort. Au quatrième essai, le facteur et les deux ouvriers se joignent à lui. Mon père compte jusqu'à trois, et, unissant leurs forces, ils matent enfin le coffre récalcitrant.

Tandis que les autres se congratulent, Dad se tourne vers moi. J'ai peur qu'il me sorte une phrase toute faite, une réplique virile, genre cow-boy sur le départ : « Maintenant, c'est toi l'homme de la maison, mon p'tit gars. Veille sur la mère et sur ta sœur. » Au lieu de cela, il me passe la main dans les cheveux.

– Tout ira bien, dit-il doucement. Ne t'inquiète pas, mon grand…

Il m'adresse un sourire triste et je sens une boule douloureuse naître dans ma poitrine.

– Il faut que j'y aille, soupire-t-il.

Et soudain, il se redresse, bombe le torse et se dirige vers sa voiture à grandes enjambées, en levant haut les genoux. Je vois bien qu'il fait le clown pour rendre cet au revoir moins dramatique. Enfin, il se glisse derrière le volant, pousse un carton qui l'empêche d'atteindre le levier de vitesse, un autre qui masque sa vue devant le pare-brise. L'instant d'après, le moteur ronronne et le véhicule ne démarre sous les vivats de la foule. Par la vitre ouverte, Dad agite le bras en signe d'adieu et de remerciement.

– Cette fois, il s'en va, dis-je. Il s'en va pour de bon.

Ma voix s'étrangle dans ma gorge nouée. Une main se pose sur mon épaule.

– Courage, Émile, souffle Dounia, qui s'est glissée à côté de moi.

– Ça te dirait de venir manger à la maison ? demande Jules. Ma mère fait du poulet rôti, et comme ça, je te montrerai ma nouvelle maquette de la fusée Ariane 6…

– Chez nous, c'est couscous, si tu préfères, le coupe Dounia. Ma mère en fait toujours trop, alors tu seras le bienvenu… Et ne t'inquiète pas pour Petsy Pepsie. Je vais demander à mes cousins. Je suis sûre qu'ils seront ravis de m'accompagner.

Ils sont chouettes, mes potes. La preuve, ils font semblant de ne pas voir que mes yeux sont humides.

– Il vaut mieux que je reste avec Mom et Miss Je-Sais-Tout, dis-je péniblement. Je ne vais pas me défiler pile le jour où Dad met les voiles.

– Comme tu le sens, poursuit ma pote. N'oublie pas de récupérer la nouvelle adresse de ton père. Ça devient urgent, maintenant. T'inquiète, on va arranger ça.

Je tends mon poing.

– Où j'irai ? dis-je.

La main de Dounia, puis celle de Jules, viennent couvrir la mienne.

– Mes potes iront… répondent-ils en chœur.

C'est quoi, La nouvelle adresse de Dad ?

(Émile)

Quand je rentre à la maison, Mom est dans le cagibi de la sorcière en train de donner une consultation. Sa voix s'échappe par la porte restée entrouverte.

– Saturne est en opposition avec la lune noire, dit-elle. Faites vérifier la pression des pneus de votre voiture et évitez de prendre l'autoroute A13 mercredi prochain dans la matinée.

Dad se fait la malle et l'astrologue Célia, elle, continue comme si de rien n'était. Tout va bien !

Dépité, je file dans ma chambre et m'installe à mon bureau. Je sors la gomme de ma poche et je la pose devant moi. Malgré l'épisode des poissons cramés et malgré la confirmation du vendeur de chez Fiesta Market, je n'arrive toujours pas à croire qu'elle possède un pouvoir magique. Pour en avoir le cœur net, c'est fastoche. Il suffit que je fasse un nouvel essai. J'attrape une feuille de papier et je commence à faire la liste des choses que j'aimerais voir disparaître.

- Les épinards : je déteste leur goût.
- Les œufs durs : je déteste leur odeur.
- Mon pull bleu : je le déteste parce qu'il gratte.
- Les dictées, parce que je suis nul en orthographe.
- Le circuit de la route arc-en-ciel dans *Mario Kart*, parce que je me plante toujours et que je finis dernier à tous les coups.
- Le personnage de Jar Jar Binks. Parce que ce Gungan avec ses gaffes ridicules ruine à lui tout seul la prélogie de *Star Wars*.

Je relis tout cela attentivement en essayant d'anticiper d'éventuels problèmes. Je ne veux pas faire la même erreur qu'avec ces satanées perches. Si je fais disparaître tous les épinards de la Terre, par exemple, les maraîchers qui les cultivent vont-ils tous faire faillite par ma faute ? Les œufs durs, pas de problème : ceux qui aiment les œufs pourront toujours les manger en omelette ou à la coque. Je raye les épinards et j'entoure les œufs durs.

Je retiens également les dictées. Je ne vois pas à qui cela pourrait faire de la peine si elles disparaissaient. Pour le pull, mon cœur balance. Mom trouve qu'il me va bien.

Je renonce à dégager la route arc-en-ciel, de peur de gâcher un de mes jeux vidéo préférés. Jar Jar me rend perplexe : je redoute qu'il soit remplacé par un autre personnage. Un truc encore plus insupportable que lui. Autant ne pas prendre le risque.

Œufs durs, pull, ou dictées ? Au moment du choix final, je me dis qu'il y a autre chose que j'aimerais, mais alors là vraiment, faire disparaître : la séparation de mes parents. Mais est-ce possible ? Peut-on effacer quelque chose qu'on ne peut pas toucher ? Il faudrait que je demande au vendeur de Fiesta Market.

J'en suis là de mes cogitations lorsqu'on frappe à la porte de ma chambre. C'est Mom – elle n'entre jamais dans ma chambre sans prévenir. Elle attend trois secondes avant d'entrouvrir la porte et de passer la tête.

– J'ai plein de boulot ce soir, me dit-elle. Vous allez devoir dîner seuls, ta sœur et toi. J'ai préparé de la purée pommes de terre-carottes. Tu n'auras qu'à réchauffer au four à micro-ondes. Il y a des yaourts dans le frigo. Et, s'il te plaît, insiste pour que ta sœur mange un fruit ! Dis-lui qu'ils sont garantis bio et achetés au producteur à un prix équitable.

– T'inquiète, Mom, je lui réponds, je gère…

Elle me gratifie d'un petit sourire, le pouce en l'air.

– Dis, c'est quoi, la nouvelle adresse de Dad ?

– 39, rue du Chien qui fume, pourquoi ?

– Je me demandais, comme ça…

– C'est à cinq minutes d'ici, tu pourras y aller aussi souvent que tu en auras envie, dit-elle pour me rassurer.

Je lui fais l'offrande d'un petit sourire soulagé. À peine a-t-elle disparu que j'envoie un SMS à mes potes pour leur transmettre l'info. Dounia répond la première : « OK, bien reçu. On commence la filature demain. » Jules se manifeste dans la foulée : « Yahouuu ! Vive l'équipe des super détectives. »

Une demi-heure plus tard, je suis toujours planté devant ma liste. Et je ne me suis toujours pas décidé sur l'objet à sacrifier. Tant pis, on verra plus tard. J'appelle Miss Je-Sais-Tout pour qu'elle vienne m'aider à mettre la table. Ma sœur dispose deux assiettes et les couverts sur la table tandis que je m'occupe de réchauffer notre dîner.

Je dépose deux cuillerées de purée dans son assiette.

– Assez ! me dit-elle.

– Maman a insisté, lui dis-je, une troisième fournée en suspens. Elle s'inquiète pour toi.

– Nous avalons plus de calories que l'homme de Néandertal, me rétorque-t-elle, alors que nous avons moins de dépenses physiques. Je mange selon mes besoins.

Elle saute sur la chaise à côté de moi et fait glisser son téléphone portable dans ma direction. Sur l'écran, un petit animal rigolo me contemple de ses grands yeux ronds et luisants. Ça ressemble à un chat auquel on aurait collé des oreilles de chauves-souris et une longue queue rayée noire et blanche.

– Les lémuriens de Madagascar sont en voie d'extinction, annonce ma sœur.

– C'est triste, mais cela ne doit pas t'empêcher de manger. Sinon, les petites enquiquineuses à boucles blondes vont être menacées de disparition dans cette maison.

– T’es pas drôle, Émile !

– Mange, s’il te plaît.

Elle pique une portion de nourriture tout juste suffisante pour rassasier une mésange et la porte à sa bouche.

– Les lémuriens sont un groupe de primates qu’on trouve sur l’île de Madagascar, et nulle part ailleurs, poursuit-elle sur le ton d’un documentaire animalier.

– Purée ! lui dis-je.

Elle avale une nouvelle bouchée.

– La destruction de la forêt et la chasse les mettent en péril.

– Purée !

– J’organise une pétition en ligne pour obliger le gouvernement à intervenir. Tu signes ? Il faut une mobilisation mondiale, comme pour les pandas.

Je jette un œil vers son assiette : elle est vide.

– Si je signe, tu manges un fruit ?

– Tu fais aussi signer tes copains ?

Je hoche la tête avec une moue qui signifie : « d’accord, mais tu exiges de moi un gros effort ».

– Banane ! dit-elle.

– Toi-même, je lui réponds.

Elle attrape une banane dans la corbeille à fruits et la pointe vers moi comme le colt d’un cow-boy. De son autre main, elle me tend son portable.

– Tu entres ton adresse e-mail et tu coches la case « Je signe la pétition », précise-t-elle.

– Tu manges ?

Miss Je-Sais-Tout épluche sa banane et mord dedans tandis que je m'exécute. Ma signature électronique est la première à réclamer qu'on laisse tranquilles les petites bestioles du bout du monde. Mais après tout, elles me paraissent sympathiques.

Tout en m'aidant à débarrasser la table, Miss Je-Sais-Tout continue son exposé. Elle est incollable. Je retiens qu'il existe plusieurs sortes de lémuriens. L'indri est le plus gros et il pousse un cri à vous glacer le sang. L'aye-aye est traqué par des gens superstitieux, persuadés que cette adorable boule de poils porte malheur.

Je bouquine ensuite un peu, vautré dans le canapé du salon. Plongé dans mon manga, je ne vois pas le soir tomber. Lorsque je relève la tête, l'astre de la nuit dessine un rond lumineux jaune et parfait dans le noir du ciel. Il est temps d'aller me coucher. Il paraît que la nuit porte conseil. J'espère que c'est vrai et que demain matin, j'aurai pris ma décision. Alors, les dictées ou les œufs durs disparaîtront de la surface de cette planète. Parce que je garde mon pull bleu qui gratte. Je ne voudrais pas contrarier Mom.

J'aurais pu devenir espion!

(Jules)

Cela fait trois jours que Jules, Dounia et moi planquons rue du Chien qui fume, embusqués dans l'encoignure de la porte d'un garage, presque en face de l'immeuble de mon père. Nous avons fait le guet à tour de rôle toute la journée de dimanche jusqu'à vingt heures, lundi et mardi après les cours. Pour rien. Nada. Que dalle. Ce mercredi après-midi, au moment où je passe le relais à Jules, tout ce que j'ai appris, c'est que Dad habite dans une résidence de six étages, à la façade ocre, précédée d'un jardinet. J'ai bien vu Dad entrer et sortir à plusieurs reprises (sans me faire repérer), mais toujours seul. Impossible d'identifier l'usurpatrice.

Pour compliquer les choses, le bâtiment abrite un cabinet dentaire, celui d'un ostéopathe, deux généralistes, un ophtalmologiste et un spécialiste de la médecine traditionnelle chinoise. Il y a aussi, au troisième étage, le cabinet de trois kinés associés.

– C'est pas une résidence, c'est le siège de l'Organisation mondiale de la Santé ! s'est esclaffé Jules en découvrant la collection de plaques en laiton affichées à côté de la porte d'entrée.

Toujours est-il que toute la journée, c'est un défilé de patients qui vont et viennent chez l'un ou l'autre de ces médecins qui rend notre mission (identifier et recueillir un max d'infos sur l'usurpatrice) très compliquée.

De retour à la maison, je fonce dans ma chambre pour m'attaquer à mes devoirs. La prof de français nous a demandé une lecture pour la semaine prochaine et avec ces tours de garde, j'ai accumulé un sacré retard. Impossible pourtant de me concentrer. Je repense à une réflexion que m'a faite Dounia l'autre jour. Elle m'a demandé pourquoi je m'intéresse tant aux films de fin du monde. Sur le moment, je n'ai pas su quoi lui répondre. Mais à présent, je crois que j'ai un début de réponse : j'ai commencé ma liste des cent films de fin du monde qu'il faut absolument avoir vus avant l'apocalypse peu de temps après que nos parents nous ont annoncé qu'ils se séparaient.

Y a-t-il un rapport ? Ai-je le désir inconscient de voir toute l'humanité disparaître en même temps que notre famille ? Ou est-ce que je m'imagine que Dad reviendrait illico à la maison si on annonçait qu'un astéroïde va percuter la Terre dans trois semaines ou dans cinq heures ? Peut-être qu'en m'interrogeant, c'est ce que Dounia essayait de me faire comprendre. Cela ne m'étonnerait pas d'elle. C'est une fille à la fois futée et attentionnée.

Pile comme je pense à ma pote, mon téléphone se met à vibrer et un message émanant d'elle s'affiche sur l'écran. Juste deux mots : code Delta. Le code d'urgence absolue. Je saute dans mes baskets et je fonce direct au quartier général. Avant même d'avoir pu frapper à la porte selon notre convention secrète (trois coups brefs, toc-toc-toc, suivis de deux, toc-toc, puis d'un, toc), Dounia ouvre et surgit devant moi.

– Il l'a vue, annonce-t-elle tout excitée.

Je n'ai pas besoin qu'elle précise de qui il s'agit. Je me précipite sur Jules.

– Où ? Quand ? Comment ? À quoi ressemble-t-elle ?

Mon sang est en ébullition à l'intérieur de mes veines.

– Eh, du calme ! commence Jules. Laisse-moi raconter dans l'ordre, tu veux bien ? Cela faisait à peine une heure que je planquais quand j'ai vu arriver ton père et sa nouvelle nana. Je me suis plaqué contre la porte.

Sa façon de tirer son récit en longueur m'inquiète. On dirait qu'il a peur de nous avouer quelque chose. Il s'est passé un imprévu, c'est évident.

– Ils t'ont repéré, c'est ça ?

– Tu plaisantes ! J'aurais pu devenir espion si je n'avais pas décidé de me consacrer à la conquête spatiale !

– C'est vrai que tu ferais une très bonne taupe, ricane Dounia en mimant des lunettes avec ses doigts en cercle autour de ses yeux.

Ce n'est pas très fair-play, mais Jules se contente de hausser les épaules.

– En tout cas, ils sont passés devant moi sans me voir.

Il marque une nouvelle pause. Ce suspense me rend dingue. J'ai l'impression qu'on me frotte les nerfs avec du papier de verre. Je l'encourage à poursuivre.

– Mais…

– C'est à ce moment-là que j'ai senti la porte du garage bouger…

Dounia se tape sur la cuisse en pouffant de rire.

– Continue ! s'esclaffe-t-elle. C'est mon passage préféré !

Vexé, Jules lui jette un regard noir. Il croise les bras sur sa poitrine, serre les mâchoires et ne dit plus un mot.

– La porte a basculé en arrière, poursuit Dounia à sa place. La ceinture du super espion s'est prise dans la poignée et il a été soulevé de terre. Il s'est retrouvé suspendu, à gigoter comme un ver au bout d'un hameçon et en appelant à l'aide. Jusqu'au moment où, enfin, une âme charitable est venue à sa rescousse.

Jules regarde ses chaussures. Son air désolé ne me dit rien qui vaille.

– Ton père… finit-il par lâcher.

Je reste sans voix. Mon père ! J'imagine la tête qu'il a dû faire en découvrant un de mes meilleurs potes en mauvaise posture juste en face de chez lui. Il a tout de suite dû comprendre que son propre fils le faisait espionner ! Je peux dire adieu à ma part d'héritage.

– Et ce n’est pas fini ! s’esclaffe Dounia en essuyant des larmes de rire aux coins de ses yeux. La suite, Jules ! La suite !

Mon pote reprend son récit. Au fur et à mesure que les mots sortent de sa bouche, je sens le sol se dérober sous mes pieds.

Non content de s’être fait surprendre par mon père, mon pote a tenté de s’échapper alors que celui-ci lui portait secours. Il s’est agité comme un diable pour se dégager, jusqu’à ce que sa ceinture lâche. Il est alors parti en avant, tête la première.

Jules soulève sa frange blonde pour exhiber une petite colline rouge, légèrement violacée au sommet. Mes yeux s’agrandissent autant d’horreur que de stupéfaction lorsque je l’entends prononcer ces mots :

– Tu vois cette bosse ? Eh bien, ton père a la même…

Je me laisse tomber sur une chaise et me prends la tête entre les mains. Ce n’est pas possible ! Autant de malchance, cela ne peut pas exister. J’ai l’impression que le monde entier s’acharne contre moi.

– Après, je ne me souviens plus bien, parce que je suis tombé un peu dans les vapes, poursuit mon pote. Quand j’ai rouvert les yeux, j’étais sur un canapé… J’avais une compresse froide sur le front. Ton père et une jeune femme étaient penchés au-dessus de moi. La dame a dit : « Tout va bien, ne t’inquiète pas. Tu vas t’en sortir avec une belle bosse. » Et ton père a ajouté : « Tu peux lui faire confiance, elle est infirmière. »

C'en est trop.

– Tu veux dire que tu étais chez eux ? je bredouille.

– Ouais, et j'ai été assez malin pour en profiter, fait Jules avec un air revanchard.

– Jusque-là, il faut reconnaître que tu ne nous as pas spécialement épatés, glousse Dounia.

Le sourire narquois que Jules lance dans sa direction est facile à décrypter. Il signifie : rira bien qui rira le dernier. De toute évidence, il n'a pas tout dit à Dounia en attendant mon arrivée. Il a gardé un atout dans sa manche et je parierais mon argent de poche du mois prochain qu'il nous réserve une surprise. Une apothéose. Un feu d'artifice. Alors, je me prépare au pire.

– Vas-y, dis-je. Je suis prêt...

– Après m'avoir massé le front avec de la pommade, ta belle-mère (j'ai encaissé ce mot sans rien dire pour ne pas le couper dans son élan) s'est occupée de ton père. Ils ne faisaient plus trop attention à moi, alors, devinez quoi...

Il se tait un instant pour ménager son effet. Puis il sort son téléphone de sa poche.

– Tadam ! Je l'ai photographiée ! dit-il avec la modestie d'un chimpanzé qui aurait appris à réciter les fables de La Fontaine.

Nous nous approchons, Dounia et moi, pour voir l'image qu'il vient d'afficher sur son écran. Et nous nous lançons dans un concours inédit : à celui qui écarquillera le plus les yeux.

– Qu'est-ce que c'est que ça ? finis-je par demander.

– Corina : c'est le petit nom de la nouvelle compagne de ton père. Qu'est-ce que tu en penses ?

– Qu'elle n'a pas de tête, je réponds.

Tout ce que je distingue sur le cliché de Jules, de bas en haut, c'est une paire de sandales rouges, des mollets, une jupe légère en tissu imprimé fleuri de coquelicots, une taille prise dans une fine ceinture blanche, et un chemisier fuchsia moirant dans la lumière. Elle a passé un gilet gris tourterelle dont elle a remonté les manches sur ses avant-bras. Une petite montre discrète habille son poignet gauche et une chaînette en or pend à son cou. Et puis, plus rien. Pas de visage. Le cadrage hasardeux de Jules lui a coupé la tête ! La déception doit se lire sur ma figure, car, en rangeant son smartphone, mon pote s'empresse de préciser :

– Euh… Elle est brune !

Si vous saviez comme ces petits monstres m'exaspèrent !

(La principale)

Le lendemain matin, ma mère m'annonce qu'elle m'accompagne au collège.

– La principale veut me voir, dit-elle. Sais-tu pourquoi ?

Je hausse les épaules.

– Pas la moindre idée, non.

Elle sait que je mens, et je sais qu'elle le sait. Pire ! Elle sait que je sais qu'elle sait. D'un commun accord tacite, nous choisissons de remettre les explications à plus tard. Nous n'échangeons plus un mot tout au long du trajet.

Lorsque nous arrivons, mes potes sont déjà là, à m'attendre près de la grille. Les Trois As ne sont pas loin et se tiennent à l'affût. Ils n'ont toujours pas digéré l'affront. Je feins de ne pas remarquer leur présence et leur sourire en coin.

– À tout à l'heure, me dit ma mère avant de se diriger vers la grande porte du collège.

Chou Rouge, qui filtre l'entrée des élèves avec un surveillant, vient à sa rencontre. Ils échangent quelques mots avant de disparaître dans le bâtiment.

– Rendez-vous avec la principale ? Ça craint, dit Dounia au moment où je la rejoins.

– Avis de tempête maximale, je lui confirme. Mon avenir immédiat est classé en zone rouge.

La cloche résonne à cet instant et nous allons nous mettre en rang dans la cour.

– Si tu veux, je témoignerai en ta faveur, reprend Jules. Après tout, tu n'as fait que me défendre…

D'un doigt sur la bouche, je lui fais signe de se taire. Les Trois As sont embusqués juste devant nous pour mieux nous espionner. Lorsqu'apparaît la silhouette du prof de français, je prends ma décision.

– Dites que je me suis senti mal et que je suis à l'infirmerie, je souffle à Dounia.

Puis je sors discrètement du rang. J'ai le cœur qui bat si fort en me faufilant en direction du bureau de la principale qu'on doit pouvoir l'entendre à l'autre bout du bâtiment. Je jette autour de moi des regards affolés. J'ai l'impression que des dizaines de caméras de surveillance dissimulées dans le faux plafond suivent le moindre de mes mouvements et qu'à tout moment, une alarme va dénoncer mon intrusion. Pour un peu, je m'attendrais à voir une escouade de super flics habillés tout en noir comme des ninjas me tomber dessus.

Cette fois, pourtant, la chance est de mon côté. Rien de tout cela n'arrive, et j'atteins la porte du bureau sans encombre.

Je colle mon oreille contre le panneau de bois en retenant mon souffle. Je m'aperçois alors d'un étrange phénomène acoustique : les voix de la principale et de ma mère ne me parviennent pas de la même façon selon l'endroit où je me place. Sur la gauche, j'entends parfaitement la voix de crécelle de la principale. Mais tout ce qui sort de la bouche de ma mère se transforme en un bourdonnement incompréhensible. Je fais un pas sur la droite. Cette fois, je capte cinq sur cinq la voix flûtée de Mom. En revanche, je ne reçois plus la principale.

Je déplace mon oreille sur la surface vernie de la porte, à gauche, à droite, en haut, en bas. Finalement, ce n'est que plié en deux, la tête en bas, les jambes écartées et le bras gauche dressé comme une antenne relais que je finis par distinguer les deux voix de façon satisfaisante.

La position n'est pas confortable, mais elle me permet, cette fois, d'entendre ce que se disent la voix de crécelle et celle, plus haut perchée, qui évoque la mélodie d'une flûte.

Crécelle : Comment je sais que vous êtes astrologue ? Votre fils, Émile, l'a indiqué sur la fiche qu'il a remplie en début d'année scolaire. Alors, que voyez-vous ?

Flûte : Votre chiffre porte-bonheur est le 4, votre couleur d'harmonie, le caca d'oie, ce qui est assez rare, je dois dire, votre pierre de vie, le lapis-lazuli, et votre animal totem, le panda.

Crécelle : Fascinant ! Vous pouvez savoir tout cela uniquement à partir de ma date de naissance ?

Flûte : Je pourrais vous en dire bien davantage si je connaissais votre lieu et votre heure de naissance…

Crécelle : J'ai vu le jour à Vierzon, à midi pile. Juste à temps pour passer à table, me dit toujours ma maman.

Flûte : Puis-je vous emprunter votre bloc et un stylo ?

Crécelle : Je vous en prie !

Le silence se fait dans la pièce pendant que – je le devine – ma mère se lance dans ses calculs. Malgré les crampes qui commencent à envahir mes muscles, je m'efforce de rester immobile pour ne pas perdre la connexion.

Flûte : Vous êtes née avec Saturne en maison XII. Cela signifie que vous êtes attirée par les voyages, les destinations lointaines.

Crécelle : Exact ! J'ai commencé ma carrière comme professeur de géographie.

Flûte : La lune en opposition avec les planètes fortes trahit un manque de patience, notamment avec les enfants.

Crécelle : Si vous saviez comme ces petits monstres m'exaspèrent !

Flûte : Vous avez une tendance à l'enfermement. Vous aimez les oiseaux en cage et les légumes en boîtes de conserve…

Crécelle : Vous lisez en moi comme dans un livre ouvert. Savez-vous que je rêvais de devenir gardienne de prison ?

Hélas, ma candidature s'est égarée et je me suis retrouvée dans l'éducation. Enfin, on ne fait pas forcément ce qu'on veut, dans la vie. Les astres décident…

Flûte : Je vois aussi que vous êtes une personne douée pour l'organisation…

Crécelle : C'est vrai qu'avec moi, les élèves sont toujours bien rangés, deux par deux, dans les couloirs. Mais, sans vouloir vous offenser, tout cela, je le savais déjà. Ne voyez-vous pas mon futur dans vos dessins bizarres ?

Flûte : Dans quel domaine aimeriez-vous que je regarde plus précisément ?

Crécelle : Eh bien… C'est-à-dire… Avec mon métier, voyez-vous, je me sens parfois un peu seule, le soir, lorsque je rentre chez moi. Peut-être pourriez-vous me dire…

Flûte : Je vois… Vous voulez que je vous dévoile votre horoscope amoureux.

Crécelle : Comme vous y allez !

Flûte : Regardez… Vénus, la planète de l'amour, passera sur votre soleil natal la semaine prochaine.

Crécelle : C'est grave ?

Flûte : Votre cœur va battre plus vite, vous aurez les mains moites et des picotements dans le ventre à la moindre occasion. Tiens ! La position de Saturne annonce une visite. Vous attendez quelqu'un ?

Crécelle : La semaine prochaine, dites-vous ?

Flûte : Jeudi, entre 14 et 16 heures 30 précisément.

Crécelle : Pile le jour où l'Académie nous envoie un nouvel inspecteur !

Flûte : Ne craignez rien, vous serez au top, ce jour-là. Les astres s'alignent pour faire de vous à ce moment précis la femme la plus charismatique du quartier. Jupiter favorise votre charme, et Saturne en Gémeaux vous fait briller en société.

Crécelle : Comment est-il, cet inspecteur ? Grand, brun, avec de beaux yeux clairs ? Aime-t-il les voyages et les spaghettis à la sauce bolognaise ?

Flûte : Je n'en sais rien. Il me faudrait sa date de naissance pour vous le dire…

Crécelle : Très bien, je vais tâcher de la récupérer. Merci beaucoup. Au revoir.

Flûte : Ne vouliez-vous pas m'entretenir d'un problème avec mon fils, Émile ?

Crécelle : Votre fils ? Une broutille. Aucune importance. Oubliez cela. Maintenant, ne m'en veuillez pas, j'ai une journée très chargée. Je dois appeler l'Académie pour demander la date de naissance de l'inspecteur et prendre rendez-vous chez l'esthéticienne pour me faire une beauté.

Sauvé ! Je suis sauvé ! Collé au panneau de bois comme un gecko sur un mur, je n'en reviens pas de ce coup de chance. Merci, Mom ! Merci l'astrologie ! Il ne me reste plus qu'à replier mon bras antenne, rapprocher mes jambes l'une de l'autre, mettre mes pieds dans le sens du départ et quitter les lieux discrètement.

C'est alors qu'une main vigoureuse me saisit par le col. Et le CPE, qui possède des oreilles aussi cramoisies que démesurées et la faculté de surgir derrière vous par surprise comme s'il pouvait se téléporter, me décolle de terre.

– Je t'y prends ! hurle-t-il.

Comme dans un cauchemar, la porte du bureau s'ouvre. La flûte et la crécelle, je veux dire ma mère et la principale, apparaissent à point nommé pour me voir me débattre lamentablement sous la poigne de fer de Chou Rouge.

– Mais qu'est-ce que tu fais là, Émile ? dit ma mère.

Mom ! Ne me dis pas que tu as l'intention de déménager !

(Émile)

Depuis quelque temps, quoi que je fasse, les événements se retournent contre moi. Plus je me démène, plus je m'enfonce dans le pétrin. Mon existence est une tartine de poisse beurrée des deux côtés.

Cette fois, pourtant, le vent tourne. Ce qui m'arrive est tellement inespéré que je me demande si mes potes pourront le croire quand je le leur raconterai.

Démasqué par Chou Rouge, je m'attends au pire lorsque ma mère et la principale surgissent également. La punition promet d'être terrible. Cela ne m'étonnerait pas que l'on reconstruise la Bastille pour me jeter aux oubliettes, par exemple. Au lieu de cela, la principale me pousse dans les bras de ma mère et lui conseille de me raccompagner à la maison.

– Il faut qu'il se remette de ses émotions, dit-elle.

Elle me caresse même la joue du bout des doigts.

Puis elle se retourne vers Chou Rouge.

– Vous feriez mieux de faire briquer ce collège avant l'arrivée de l'inspecteur d'académie, rugit-elle.

Avant de détailler ce qu'elle entend par là, c'est-à-dire : lustrer les sols, nettoyer les vitres, faire briller les poignées de porte et les rampes d'escalier, passer l'aspirateur dans son bureau, tondre les pelouses, appeler le traiteur et commander un petit dîner pour deux personnes, et ne pas oublier les chandelles.

Chou Rouge file sans demander son reste et la principale nous raccompagne jusqu'à la sortie. Là, elle saisit la main de ma mère entre les siennes. Elle la secoue longuement et comme, de toute évidence, le bras de ma mère ne veut pas se séparer de son épaule, elle finit par lâcher.

– Je me renseigne au sujet de la date de naissance de vous savez qui, lui dit-elle sur le ton du secret.

Enfin, elle s'éloigne en sautillant d'un pied sur l'autre comme une petite fille qui joue à la marelle. Si ce n'est pas de la magie, ça ! Je vais finir par croire que mes potes ont raison de prétendre que ma mère est une sorcière. Je sais qu'ils disent ça pour me taquiner, et que cela les amuse quand j'insiste à chaque fois pour leur rappeler qu'elle est astrologue.

Il n'existe ni diplôme, ni école d'astrologie. Mom s'est formée seule alors qu'elle avait à peu près mon âge. Son père était capitaine de paquebot. Il partait pour de longues semaines en mer et lorsqu'elle demandait quand il serait de retour, les adultes lui répondaient : « ça dépend ». Sans indications précises, ma mère tremblait en imaginant les tempêtes, les pirates ou encore les requins mangeurs d'hommes que son père risquait d'affronter.

Un jour, à la bibliothèque municipale, elle était tombée sur un manuel d'astrologie qui lui avait révélé qu'il était possible de prévoir l'avenir grâce à la position et aux mouvements des planètes. Elle avait commencé par dresser le thème astral de son père. Il était né sous la double influence des Poissons et du Scorpion, un signe d'eau associé à un ascendant réputé pour avoir la bougeotte. Pas étonnant qu'il soit devenu marin. La coïncidence l'avait troublée. Elle avait poursuivi ses calculs pour tenter d'établir la date du retour du capitaine. Elle avait coché ce jour au feutre rouge sur le calendrier des Postes affiché dans la cuisine familiale. Avait commencé pour elle une longue attente...

Le jour J, ma mère s'était installée sur le petit banc de pierre moussue, juste devant sa maison. Elle avait pris son manuel d'astrologie, mais elle avait du mal à se concentrer sur sa lecture. Son regard glissait souvent des pages du livre au chemin où elle espérait voir surgir son père. Lorsqu'une silhouette était apparue au loin, son cœur avait fait un bond dans sa poitrine. Elle n'avait pourtant pas bougé. Il pouvait s'agir du facteur apportant le courrier. Ma mère avait attendu que l'individu se rapproche suffisamment pour être identifié. Alors seulement, elle s'était levée, avait refermé son manuel, l'avait déposé sur le banc de pierre, pour se précipiter dans les bras de son père. « Je le savais », lui avait-elle dit. « Je savais que c'était aujourd'hui. »

Dès lors, à chaque nouveau départ de son père, ma mère avait effectué des calculs astrologiques super compliqués pour s'assurer que le paquebot ne croiserait pas un iceberg risquant d'éventrer la coque du navire, façon Titanic, que l'équipage ne se mutinerait pas ni ne jetterait son capitaine par-dessus bord. Elle vérifiait également qu'un sous-marin n'allait pas torpiller le bateau par méprise, et qu'il ne se volatiliserait pas non plus dans le Triangle des Bermudes.

Avec le temps, elle était devenue une experte. Tant et si bien que durant ses années de lycée, ses copines avaient pris l'habitude de la consulter avant toute décision importante. Robe à pois ou à rayures ? Vernis rouge vif ou rose fuchsia ? Réviser les maths ou la philo ? Fallait-il accepter l'invitation au cinéma de Laurent ? Et se laisser embrasser avant la fin du film ?

Les garçons aussi lui soumettaient leurs problèmes existentiels. L'un voulait savoir si son équipe favorite allait gagner la Coupe de France. L'autre, quand ses parents augmenteraient son argent de poche. Laurent se demandait si Nelly accepterait de venir avec lui au cinéma (et s'il devait l'embrasser avant la fin du film).

Après des années de pratique, elle avait décidé de faire de cette passion son métier, et de devenir astrologue pour de bon.

Mom ne nous a jamais rien révélé de notre futur. Peut-être a-t-elle regardé dans les astres ce qui nous attend tous ? Et peut-être a-t-elle vu que tout finira bien. Que Miss Je-Sais-Tout deviendra notre première présidente de la République, pour nous faire un monde plus juste et plus respectueux de la nature. Qu'on me décernera le César du meilleur réalisateur. Et que Dad reviendra à la maison pour que nous vivions tous ensemble, comme avant.

Perdu dans mes pensées, je marche seul sur quelques mètres avant de m'apercevoir que ma mère n'est plus à côté de moi. Je la trouve en arrêt devant la vitrine de l'agence « Napoléon Bon Appart', l'empereur de l'immobilier ». Si j'étais dans un roman, je dirais que mon sang s'est figé dans mes veines et que la terre s'est ouverte sous mes pieds.

Une vingtaine d'affichettes couvrent la devanture. Sur chacune d'elles figurent la photo d'un appartement ou d'une maison, le détail de ses caractéristiques – surface, nombre de pièces, garage, cave – et le prix. Il y a aussi un personnage avec un chapeau bicorne sur la tête qui lève le pouce en s'exclamant, dans une bulle de bande dessinée, « Affaire en or ! » ou « Opportunité à saisir ! ».

– Mom ! dis-je avec angoisse. Tu n'as pas l'intention de déménager, quand même ?

Ma mère se tourne vers moi.

– Et pourquoi pas ? répond-elle. Depuis le départ de ton père, la maison est devenue un peu trop grande pour nous. Et surtout, le loyer est un peu trop cher.

Déménager ? Ne comprend-elle pas tout ce qu'induit ce bouleversement de notre vie ? Cela ne lui fait donc rien que son fils quitte le collège où il avait commencé à étudier, mettant ainsi en péril la suite de ses études ? Ne redoute-t-elle pas qu'il perde de vue ses potes et devienne un sociopathe ?

– Mom, dis-je, n'oublie pas que Mercure est en train de rétrograder. Ce n'est peut-être pas le bon moment…

Elle pose la main sur la poignée de la porte de l'agence immobilière.

– Mercure n'empêche pas de se renseigner, dit-elle. Je vais voir si on ne peut pas trouver un petit nid d'amour, rien que pour nous trois, dans un quartier un peu moins cher. Ne t'inquiète pas, Émile. Dans la mesure du possible, nous ne nous éloignerons pas trop pour que toi et ta sœur puissiez garder vos habitudes…

Mom pousse la porte et s'arrête sur le seuil, pour voir si je la suis.

– Je préfère rentrer, lui dis-je.

– Comme tu voudras. À tout à l'heure, conclut-elle.

Je la regarde disparaître dans l'agence. Les mains dans les poches, la tête dans les épaules, je prends le chemin du retour. Le cœur lourd…

Ma mère n'est pas une sorcière !

(Émile)

La cloche retentit et nous nous alignons en rang devant le numéro peint sur le sol, correspondant à notre classe. Le silence se fait d'un coup lorsqu'apparaît monsieur Crumbeul. Ceux qui ont une capuche sur la tête l'abaissent vite fait dans leur dos. Le prof d'anglais ne supporte pas les capuches.

Crumbeul possède des cheveux noirs et luisants comme des plumes de corbeau, des yeux sombres, un nez fin et isocèle. Son cou maigre et ridé qui ne parvient jamais à remplir ses cols de chemises évoque celui d'un vautour.

Crumbeul n'est pas sévère : il est pire que ça ! Ce tyran a inventé un tas de règles que nous devons appliquer à la lettre. Interdiction de dire le moindre mot, de faire le moindre bruit dans les rangs lors des déplacements. Interdiction de s'asseoir en classe avant qu'il n'en donne l'ordre. Interdiction de porter un vêtement orange, car il déteste cette couleur. J'en passe, et des redoutables !

Nous le suivons, comme d'habitude, en essayant de ne pas faire de bruit en respirant. À peine nous intime-t-il de nous asseoir, que Dounia se penche vers moi.

– T'as révisé les verbes irréguliers ? me glisse-t-elle, la bouche en coin.

– Quels verbes irréguliers ?

– Il y a interro aujourd'hui. T'as oublié ?

Misère ! Avec tout ce qui s'est passé dans ma petite vie ces derniers jours, j'ai complètement zappé.

– Sortez une feuille. Indiquez vos nom, prénom, classe, aboie Crumbeul. Et n'oubliez pas de rappeler votre dernière note !

Une autre marotte du prof d'anglais : son système de notation avec bonus-malus. Après avoir corrigé notre travail, il réévalue la note. Il accorde un point supplémentaire à ceux qui améliorent leur score. Par exemple, en passant de 8 à 9, le bonus vous hisse à la moyenne, 10 sur 20.

Dans le cas contraire, c'est-à-dire un moins bon résultat, Crumbeul soustrait un point. En chutant de 11 à 10, le malus vous fait dégringoler à 9, sous la ligne de flottaison. Pire ! Passer de 2 à 1 équivaut à zéro, la tête à Toto ! Tous les élèves trouvent ce système injuste et cruel. Mais personne n'ose s'en plaindre, pas même Mathilde, pourtant la préférée du prof d'anglais.

Mon cerveau obnubilé par la gomme réagit à l'urgence de la situation. Je sors vite un crayon et j'arrache une page de mon cahier de brouillon sur laquelle j'inscris « interogation d'anglais ». Me souvenant de l'anéantissement des perches du Danube, j'ajoute « du 12 février ».

Ainsi, si la gomme fonctionne réellement, je ne ferai disparaître « que » les interros d'anglais du jour. À bien y réfléchir – mais je n'ai alors pas le temps –, la disparition de tous les devoirs d'anglais du monde et à tout jamais, m'apparaîtrait moins dramatique que celle des perches du Danube.

Puis je gomme les mots.

Rien ne se passe.

J'ai beau frotter, appuyer aussi fort que je le peux, les lettres sur le papier refusent de s'effacer !

Les explications du vendeur de Fiesta Market me reviennent soudain en mémoire. Si on orthographie mal un mot, la gomme ne fonctionne pas, m'avait-il prévenu. Il voulait dire que non seulement la magie n'opère pas, mais que la gomme refuse également d'effacer. Je me tourne vers Dounia.

– Comment écris-tu « interrogation » ?

– Qu'est-ce qui t'arrive ? s'étonne-t-elle.

– Comment l'écris-tu ? Dépêche !

– I… N… T… E… Deux R…

– Deux R ! Tu es sûre ?

Dounia acquiesce.

À toute vitesse, je corrige et, cette fois, les lettres s'effacent sans problème.

Derrière son bureau, Crumbeul a ouvert sa sacoche en cuir usé. Il fouille à l'intérieur. Sur son front apparaissent quelques rides inquiètes. Il marmonne des mots incompréhensibles, s'énerve, et plonge carrément dans son cartable. Il farfouille, fourrage, fait valdinguer un cahier, un paquet de copies, des crayons, une trousse par-dessus sa tête. Il émerge enfin, tout rouge, les joues gonflées comme un plongeur en apnée qui remonte à la surface à bout de souffle. Les cheveux en bataille, il jette des regards chargés d'éclairs alentour.

– C'est la première fois, bégaye-t-il, le menton tremblant.

La classe l'observe, entre crainte et étonnement. Seule Mathilde, sa chouchoute, le considère avec compassion. Inquiète, elle agite la main au-dessus de sa tête. Comme Crumbeul ne la remarque pas, elle finit par se lever.

– Est-ce que vous vous sentez bien, Monsieur ? demande-t-elle.

Ces mots ont le mérite de ramener le prof d'anglais sur terre.

– Nous ne ferons pas d'interrogation aujourd'hui, bredouille-t-il.

Toute la journée, Dounia me regarde de travers. Soupçonne-t-elle quelque chose ? Je pense que oui, et j'évite de me retrouver seul face à elle pour ne pas avoir à répondre à des questions embarrassantes. Mon entreprise est facilitée par les Trois As qui nous collent aux baskets.

Eux aussi se doutent de quelque chose. Ils nous tournent autour, s'approchent le plus possible, les oreilles déployées pour espionner nos conversations.

À la fin du dernier cours de la journée, je fonce vers la sortie, mais Dounia me rattrape juste devant le collège.

– Du nouveau pour le concert de Petsy Pepsie ? je lui demande pour faire diversion.

Ma pote fronce les sourcils.

– Mes parents refusent toujours que j'y aille seule. Je ne pourrai y assister que si je suis accompagnée.

– Je suis vraiment désolé pour toi, dis-je.

J'essaie d'y mettre un maximum de conviction, mais ma voix sonne faux.

– Ne t'inquiète pas, continue-t-elle. Tout est arrangé. Mes cousins, les jumeaux, sont d'accord pour venir. Ce sont des fans de Petsy.

– Cool ! Bonne nouvelle, alors.

Je m'apprête à filer, mais ma pote me retient par la manche.

– Comment as-tu fait ? dit-elle. Pour l'interro d'anglais, je veux dire. Comment t'es-tu débrouillé pour la faire disparaître ?

– Qu'est-ce que tu racontes ?

– De toute sa vie, Crumbeul n'a jamais oublié une préparation d'interro. Cet homme est une machine.

Elle marque un temps.

– Tu l'as maraboutée ? C'est ta mère qui t'a appris des sortilèges ?

– Ma mère n'est pas une sorcière ! Combien de fois devrai-je vous le répéter ?

Dounia se tait tout à coup. Mom, justement, vient d'entrer dans notre champ de vision. Elle est en grande discussion avec la principale. Je ne sais pas ce qu'elle fait là, mais je n'ai plus été aussi content de la voir depuis le jour où – j'avais trois ans à l'époque – elle est venue me récupérer à la caisse centrale du supermarché. Je m'étais perdu dans le rayon des surgelés. J'avais peur et j'avais froid.

– Je file. Je n'ai pas envie qu'elle me jette un sort, fait Dounia en tendant son poing fermé devant moi.

– Là où j'irai, dit-elle.

Je recouvre son poing de ma main.

– Mes potes iront, dis-je.

La principale partie, je rejoins ma mère. Elle range un papier plié en deux dans son sac à main.

– La principale m'a demandé de passer pour me donner la date de naissance de l'inspecteur d'académie, me dit-elle. Elle tenait à me la remettre en main propre.

Nous nous mettons en route et tandis que je marche à ses côtés, Mom me fait le récit de sa journée. Elle a l'air détendue. Je suis content pour elle. Le temps passe sans changer la perception que j'ai d'elle. Pour moi, ma mère a toujours le même âge. Elle est jeune. Ses cheveux sont d'une jolie couleur cendrée, mais je l'ai toujours connue comme ça. Je trouve que ça lui va super bien. Sa silhouette n'a pas changé non plus. C'est toujours la même femme mince, à la démarche souple, qui semble se mouvoir sur la pointe des pieds, comme une danseuse de ballet. Son sourire s'allume pour un rien. Pour un oiseau aperçu, une chanson entendue à la radio, un rayon de soleil… Elle avance dans la vie avec la même légèreté que lorsqu'elle se déplace de son pas de ballerine.

– Devine qui vient déjeuner la semaine prochaine, me demande-t-elle soudain d'un ton guilleret.

Je n'ai pas hérité du caractère enjoué et bienveillant de ma mère. Étreint d'un horrible pressentiment, je stoppe brusquement sur le trottoir, la moue boudeuse. Mom, surprise par mon arrêt brutal, a continué de faire quelques pas. Elle se retourne et ajoute :

– Il faut bien que nous fassions connaissance un jour. Et dimanche, c'est parfait, Saturne est en maison VI, en conjonction avec Pluton, la planète de la convivialité.

Parfois, mon propre génie m'effraie

(Émile)

Je reste planté là, à ruminer la nouvelle tandis que Mom se dirige vers la boulangerie. Elle entre dans la boutique et prend place dans la file en attendant son tour. Je me précipite pour la rejoindre.

– Tu veux un pain au chocolat ? me demande-t-elle.

– C'est trop tôt !

– Il est quatre heures et demie, c'est l'heure du goûter…

– Je parlais de cette femme ! C'est trop tôt pour l'inviter à la maison.

– Je ne crois pas. Au contraire.

– Tu ne sais rien d'elle. Tu l'as déjà vue ? Non ! Tu ne sais pas à quoi elle ressemble. Tu ne connais même pas son signe astrologique !

– Tiens, c'est vrai, ça. Je parie qu'elle doit être Gémeaux, ton père a toujours eu un faible pour les Gémeaux…

– Mom ! Tu ne peux pas laisser cette femme entrer dans notre maison !

– Je voudrais bien savoir pour quelle raison, me répond-elle.

– On ne la connaît pas. C'est une étrangère.

– Justement, cela nous permettra de faire connaissance et lorsqu'elle partira, ce ne sera plus une étrangère, comme tu dis, mais une amie.

– Alors là, tu peux toujours rêver !

– D'ailleurs, je compte sur toi : tu vas surveiller ta sœur au cas où elle préparerait un sitting de peluches ou un défilé de Playmobils.

Je n'ouvre plus la bouche. Si Mom s'imagine que mon silence signifie qu'elle m'a convaincu, elle se trompe. En réalité, ce qu'elle vient de dire me donne une idée.

Notre tour arrive enfin. Ma mère demande une baguette bien cuite et deux pains au chocolat. Au moment de payer, comme elle ouvre son porte-monnaie, une pièce s'échappe, rebondit sur le comptoir et file par terre.

Dans un film, il faudrait montrer la suite de cette scène au ralenti.

Plan subjectif. Le spectateur découvre les images comme s'il était dans ma tête. La caméra suit la pièce qui roule sur la tranche, jusqu'à buter contre une sandale de couleur orange, hésite, puis tombe côté pile. Bande-son : un cœur qui bat, pas de musique, pas d'autre bruit. Le champ s'élargit et la caméra zoome en arrière, permettant de découvrir la silhouette d'une femme qui vient d'entrer dans la boutique.

L'inconnue, brune, ramasse la pièce et me la tend. Gros plan sur sa main. Elle porte au poignet une montre en forme de coquillage. Un décor de coraux sculpté en fond, sur les aiguilles, un hippocampe et un crabe font la course. Cette montre, je l'ai déjà vue. Mais où ?

Et soudain, c'est l'illumination. Je sais ! Je sais avec certitude où j'ai vu cette montre. Jules ! Je dois parler à Jules ! Tout de suite !

Je pivote sur mes talons et je me rue hors de la boulangerie. Je cours, je fonce. Je crois que je n'ai jamais couru aussi vite de ma vie. J'arrive chez mon pote hors d'haleine, les poumons brûlants, les mains moites. Je sonne à la porte et Jules vient m'ouvrir, tout étonné de me trouver là.

Surpris, je le suis tout autant en voyant Dounia derrière lui. Elle a la mine défaite. Sur ses joues, les larmes ont dessiné des rivières.

– Que se passe-t-il ? dis-je.

– Les jumeaux ont la rougeole, répond Jules avec une grimace. Ils ne peuvent pas aller au concert de Petsy Pepsie…

– Tous les deux, la rougeole ? fais-je un peu stupidement.

Je ne sais pas quoi dire.

– Ils s'habillent pareil, ils font les mêmes études, ils ont les mêmes notes, ils pratiquent les mêmes sports, ils lisent les mêmes livres, ils aiment les mêmes choses, marmonne Dounia. Alors, évidemment, quand l'un tombe malade, l'autre l'imite. C'est fichu, dit-elle. Fichu de chez fichu !

Elle sort son mouchoir et y enfouit son visage pour cacher sa déception. Jules et moi restons un moment silencieux, ne sachant que faire, que dire pour la consoler. Je m'éloigne de quelques pas pour aller m'asseoir au bord du trottoir, les coudes sur les genoux, la tête entre les mains.

– Faut que je vous raconte un truc, je fais.

Dounia range son mouchoir et s'approche. Jules la rejoint et ils restent tous les deux debout dans mon dos.

– L'usurpatrice vient manger à la maison, dis-je sans me retourner. Je ne peux pas supporter ça…

– Attends de l'avoir vue, me conseille Jules. Elle est peut-être sympa.

– Je l'ai rencontrée, dis-je.

– Qu'est-ce que tu racontes ? demande Dounia.

– Elle est atroce. C'est une vieille, genre de 35 ans.

– Moi, je l'ai trouvée plutôt jolie, coupe Jules.

– Comment peux-tu juger ? Tu étais à moitié dans les vapes.

– Mais comment l'as-tu reconnue ? fait remarquer Jules.

– Grâce à ta photo.

Je leur raconte l'épisode de la boulangerie. La pièce de monnaie, l'inconnue serviable qui la ramasse et me la tend… Jules affiche le cliché sur son portable et l'agrandit jusqu'à ce que nous distinguions sans aucun doute possible une montre en forme de coquillage, au boîtier orné de motifs marins.

– Il est hors de question que je m'asseye à la même table que cette harpie, que je respire le même air qu'elle ! Je préfère me tirer de chez moi !

– Tu veux fuguer ? Pour aller où ? Et vivre comment ? demande Dounia.

– Je saurai me débrouiller, et j'ai mes économies, t'inquiète.

Dans les bandes dessinées, on voit parfois une ampoule s'allumer au-dessus de la tête d'un personnage quand une idée vient de germer dans son cerveau. Dans mon cas, c'est un projecteur super puissant.

– C'est quand ton concert, déjà ?

Dounia me considère avec des yeux ronds comme des soucoupes.

– Samedi. À 15 heures, si tu veux tout savoir. Pourquoi ?

– J'ai la solution ! je m'exclame. Et c'est l'idée la plus brillante qui ait jamais germé entre les oreilles d'un élève de sixième.

J'adresse un clin d'œil à ma pote.

– Parfois, mon propre génie m'effraie.

Je suis impatient de savoir ce que tu fabriques ici...

(Monsieur Crumbeul)

Je suis dans ma chambre quand on frappe à la porte. Mon cœur fait un bond dans ma poitrine. Le grand moment est arrivé. Il ne faut pas que je flanche. Mom va ouvrir et se retrouve face à Dounia et à Jules. Je les rejoins en enfilant mon blouson.

– Tu n'oublies rien ? demande ma mère.

Le signe du Cancer est supposé être tête en l'air et sujet à des oublis fréquents. Si elle savait : non, je n'ai rien oublié. J'ai ma carte d'identité, toutes mes économies dans ma poche, et le plein de bobards. Dounia sort les trois tickets qui nous donnent accès au concert de Petsy Pepsie.

– On est parés, Madame, fait-elle.

Mom me passe la main dans les cheveux.

– Je ne savais pas que tu aimais cette chanteuse, dit-elle. Je te croyais davantage « rap ».

– C'est surtout moi qui suis fan, la coupe Dounia. Mais mes parents refusent de me laisser y aller seule.

– Alors, on se dévoue, ajoute Jules. C'est à ça que servent les amis…

Dounia tend le poing en lançant notre phrase rituelle.

– Là où j'irai…

– Mes potes iront ! clamons-nous en chœur.

Je fais un gros effort pour que ma voix ne déraille pas au moment de dire au revoir à ma mère.

– À tout à l'heure, Mom, dis-je.

Je pars si vite qu'on pourrait croire que je fuis un danger grave, mes potes sur mes talons.

– Tu peux encore renoncer, me souffle Dounia.

– Ouais, fuguer, comme ça, tout seul… Ce n'est peut-être pas une si bonne idée, ajoute Jules.

De grosses larmes me montent aux yeux. Alors, je pense à mon père quittant la maison. À notre famille brisée. À notre prochain déménagement. Et mon chagrin se transforme en colère.

– Tout va bien, je réponds.

Nous cheminons ensemble jusqu'au bout de la rue principale, où nos routes se séparent.

– Tu es sûr de ton coup ? me demande soudain Dounia. Il est encore temps de changer d'avis…

Comme je ne dis rien, elle insiste.

– Tu as pensé à tes parents ?

– Eh bien quoi, mes parents ?

– Ils vont s'inquiéter, avoir du chagrin…

– Parce qu'eux ne m'en font pas, de la peine ?

Nous faisons encore quelques pas, avant que Jules ne s'en mêle à son tour.

– Et puis, quelle idée d'aller vers le nord ? lâche-t-il.

– J'adore le Sud, depuis qu'on y a passé des vacances. Mes parents le savent.

– Excuse-moi, mais la logique m'échappe…

– C'est pourtant simple : je vais au nord parce que tout le monde pensera que je suis parti vers le sud.

– Tu pourrais aller au Maroc, intervient Dounia. J'ai de la famille là-bas, ils t'auraient accueilli et au moins, il y a toujours du soleil.

La vérité, c'est que je joue au dur devant mes potes. Je fais mine de savoir ce que je fais et où je vais alors que je n'en ai pas la moindre idée. Tout ce que je veux, c'est partir. Quitter cette ville de malheur, cette famille de malheur. Ne jamais rencontrer cette Corina de malheur. Ailleurs, n'importe où, j'ai l'impression que cela sera forcément mieux qu'ici.

– Ne vous faites pas de bile pour moi, j'ai tout prévu, dis-je.

– Ben, tu donneras des nouvelles, quand même, fait Dounia.

Nous sommes arrivés à la croisée où nos chemins se séparent. Aucun de nous n'a le courage de tendre le poing. Alors, je promets que je les appellerai pour les rassurer, s'ils me jurent de ne rien dire à personne. Puis je leur tourne le dos, et je me mets en route sans me retourner.

Mon plan est le suivant : faire croire à tout le monde que j'assiste au concert de Petsy Pepsie et en profiter pour m'enfuir. Selon mes calculs, cela me donne au moins trois heures d'avance avant que des recherches ne soient lancées.

J'ai tout manigancé dans les moindres détails. Je vais marcher jusqu'à l'hôpital, à la sortie de la ville. Je pourrais emprunter le bus pour gagner du temps, mais je préfère ne pas toucher à mes économies. J'en aurai besoin plus tard. Après l'hôpital, je tendrai le pouce pour faire du stop. Pour endormir la méfiance du conducteur qui me prendra à bord de son véhicule, j'ai préparé une fable : je viens de rendre visite à ma grand-mère hospitalisée. Occupé à lui lire les nouvelles dans le journal – la pauvre est aveugle –, j'ai raté le dernier autocar pouvant me ramener chez moi, dans un village des alentours. Dans ce mensonge, je ne suis pas pourvu d'un téléphone portable pour joindre mes parents.

Un bruit de moteur se fait entendre au loin. Je tends le bras, pouce levé, en regardant le véhicule qui arrive. Il grossit à l'horizon. C'est un camion qui me fait penser à celui que l'on voit dans *Le Routier de l'enfer*.

Ce chef-d'œuvre du cinéma d'horreur raconte l'histoire de deux ados poursuivis par un camionneur qui se révèle être un meurtrier psychopathe évadé de prison. En me remémorant les scènes les plus gores, je sens comme une araignée venimeuse me courir le long de l'échine.

Déjà, je peux apercevoir la silhouette du chauffeur derrière son volant, un type barbu et massif. Je cache aussitôt ma main dans mon dos. Et laisse échapper un soupir de soulagement quand le gros semi-remorque passe devant moi sans même ralentir.

Tandis qu'il s'éloigne, je reprends mes esprits. Quel crétin ! J'ai réussi à m'effrayer tout seul. Bravo ! Mais déjà, un nouveau bruit de moteur attire mon attention. Cette fois, c'est une voiture. Un petit modèle.

Je lève à nouveau le pouce en affichant un sourire engageant. Le véhicule peine à monter la route, en pente raide à cet endroit. Le moteur hoquetant, il finit par atteindre le sommet. Je distingue une frêle forme humaine penchée sur le volant et des cheveux gris.

Mon cinéma intérieur se remet aussitôt en marche. Les images de *Du sang sur le pare-chocs* s'imposent à moi. Dans ce film, une mamie cannibale utilise son véhicule pour chasser ses proies. Elle percute les piétons solitaires, passant et repassant sur leur corps pour mieux les transformer en steak tartare avant de les dévorer.

La voiture, après avoir franchi le col de la côte, reprend de la vitesse. Son moteur rugit alors qu'elle se précipite vers moi. Dans un réflexe incontrôlable, je bondis dans le fossé. Le nez enfoui dans l'herbe, je retiens ma respiration en attendant que le vrombissement disparaisse au loin.

Le véhicule suivant est une longue berline noire. Elle doit être à la fois rapide et confortable. Loin de lui faire signe, je feins de ne pas la remarquer. Cette voiture ressemble comme deux gouttes d'essence à celle que l'on peut voir dans *Le Taxi du vampire*. Road movie d'épouvante qui retrace le calvaire d'une jeune femme enfermée dans le coffre d'un corbillard. La malheureuse a été enlevée par un buveur de sang qui la conduit jusqu'au château du comte Dracula, dans les Carpates.

Claquant des dents, je regarde le flot de véhicules passer devant moi sans oser bouger. Je lutte contre les scènes effroyables de *Zombies camionneurs* et de *L'Autobus des morts vivants*. Je viens de refouler la séquence critique du *Garage de l'horreur* – le plan où les décapotables, mutantes depuis qu'on leur a injecté de l'ADN de piranha, échappent à leur créateur pour se lancer sur les routes à la recherche de chair humaine – lorsqu'un coup d'œil à ma montre m'indique que cela fait maintenant une bonne heure que j'ai quitté mes potes et que j'en suis toujours au même point.

Soudain, une nouvelle voiture surgit à l'horizon. Flageolant sur mes jambes, le pouce tremblotant, je lutte pour ne pas m'enfuir en me remémorant les images les plus violentes de *À tombeaux ouverts* qui raconte les aventures d'une momie chauffard.

La voiture me dépasse avant de stopper dans un horrible crissement de pneus. C'est une citadine hybride grise. Elle s'est arrêtée à une dizaine de mètres devant moi et semble m'attendre comme le fauve guette sa proie. Le conducteur fait craquer la boîte de vitesses en enclenchant la marche arrière. Puis il se porte à ma hauteur. La porte côté passager s'ouvre. Je me penche avec l'intention de lui dire que c'est une erreur. Je ne faisais pas du stop, je calculais la vitesse du vent au doigt. Et là, stupeur !

Ce n'est pas un routier psychopathe ni une grand-mère cannibale.

Ce n'est pas un vampire, ni une momie, ni un mort-vivant.

C'est pire.

C'est monsieur Crumbeul !

Je reste planté là, comme transformé en statue sur le bord de la route.

– Tu as un téléphone portable ? me demande-t-il.

Je ne vois pas pourquoi il me pose cette question, et je bredouille que non.

– Je l'ai oublié à la maison, Monsieur.

– Alors, monte ! Je suis impatient de savoir ce que tu fabriques ici…

Ta grand-mère saute en parachute ?

(Monsieur Crumbeul)

– Alors, tu te décides ? insiste le prof d'anglais.

Je jette un œil à l'intérieur du véhicule. La banquette arrière est occupée par des arbustes luxuriants qui étendent en souplesse leurs branches couvertes d'épines et grappes de fleurs rouge orangé. Une vraie jungle !

– Rosiers lianes du Yorkshire and the Humber, dit le prof avec un accent impeccable. Très rares, très précieux et extrêmement sensibles aux ondes. C'est pour cela que je t'ai demandé si tu avais un téléphone portable sur toi. Si tu en avais possédé un, je t'aurais demandé de l'éteindre pour ne pas les stresser.

Crumbeul doit être dingue de ses plantes : en montant dans la voiture, je constate qu'il les a attachées avec la ceinture de sécurité.

Je claque la portière, le prof démarre et nous roulons une bonne centaine de mètres avant que l'interrogatoire commence.

– Que fais-tu au bord de cette route ? me demande-t-il, mine de rien.

Ma grand-mère hospitalisée, le car manqué… Tous les mensonges que j'ai préparés fondent comme un bonhomme de neige en balade dans le Sahara. Crumbeul sait bien que j'habite dans le quartier du collège. Raide comme un piquet sur mon siège, j'observe le prof d'anglais du coin de l'œil. Ses mains sont posées, bien symétriques, de chaque côté du volant.

– Alors, insiste Crumbeul, pourquoi faisais-tu de l'auto-stop ?

Il louche dans ma direction. Le parfum enivrant des roses me fait tourner la tête. J'ai l'impression de vivre un cauchemar éveillé.

– Du stop ? je bafouille.

– Quand on se poste au bord d'une route et qu'on tend le pouce, cela s'appelle faire du stop, oui. Alors ? J'attends…

À cet instant, je préférerais être assis à côté du tueur à la hache.

– Ben, pour rentrer chez moi…

– Chez toi ? fait Crumbeul.

Sa main droite lâche le volant pour faire pivoter le rétroviseur vers moi.

– Que vois-tu dans le miroir ? me demande le prof d'anglais.

Je ne sais pas trop où il veut en venir.

– La ville ? je hasarde.

– La ville ! Correct !

Vivement que Crumbeul se transforme en momie, en zombie ou en vampire pour me jeter dans le coffre... Au moins, cela mettra fin à cette séance de torture mentale.

– Si tu vois la ville dans le rétroviseur, cela signifie que nous lui tournons le dos. Peux-tu m'expliquer comment tu comptais rentrer chez toi en te dirigeant dans le sens opposé ?

Je me retourne pour regarder par la vitre arrière et feins la surprise.

Nous arrivons à un rond-point et Crumbeul en fait le tour complet pour revenir sur ses pas. Il conduit à l'allure d'un escargot traînant une locomotive. Je présume que c'est parce que les rosiers sont également sensibles à la vitesse.

– Je te raccompagne chez toi, explique-t-il. Je vais en profiter pour dire deux mots à tes parents. Un garçon de ton âge n'a rien à faire au bord de la route, à cette heure de la journée.

Chez moi ? Une panique indicible me submerge. J'imagine la scène : Crumbeul parlant à ma mère, Mom découvrant ma tentative de fugue. Le cauchemar continue et se déroule sous mes yeux grands ouverts. Je m'imagine renvoyé du collège, retiré à la garde de mes parents pour être placé dans un foyer pour jeunes délinquants... Stop ! Quitte à avoir une imagination débordante, autant l'utiliser pour gruger Crumbeul. La meilleure solution, me semble-t-il, est d'adapter mon histoire de grand-mère malade.

– Ce n'est vraiment pas le moment de déranger mes parents, dis-je.

– Tiens donc, grince le prof d'anglais. Et pourquoi ça ?

– Nous sommes tous sous le choc, je poursuis. À cause de ma mamie… C'est pour cela que je suis moi-même un peu désorienté.

Il écarquille ses petits yeux noirs et tend son cou de vautour.

– Ta grand-mère ! Qu'est-ce que ta grand-mère vient faire dans cette histoire ?

Plus c'est énorme, plus ça passe, dit-on. Je décide donc de sortir la grosse artillerie. Les mots se bousculent hors de ma bouche, comme si en parlant le plus vite possible, j'avais plus de chance de faire gober mes bobards à Crumbeul.

Je décris ma grand-mère alitée, reliée à des machines qui bipent continuellement, qui affichent sa température, les battements de son cœur que je redoute de voir s'arrêter d'un instant à l'autre.

– Son seul plaisir, c'est quand je viens lui faire la lecture, dis-je.

J'y mets tant de conviction que les larmes me montent aux yeux.

– Quand je pense que la semaine dernière, elle était encore en pleine forme ! je continue, en surveillant le prof du coin de l'œil.

– Tu parles de ta grand-mère, là ? fait-il.

Sa voix ne trahit pas la moindre émotion. Cet homme est un roc sans cœur.

– Elle qui était si active. À 92 ans, elle faisait trois footings par semaine, nageait à la piscine, se baladait à vélo et participait à toutes les sorties de son club de parachutisme.

– Ta grand-mère saute en parachute ? À 92 ans ? Tu te moques de moi ? s'exclame Crumbeul.

À son regard soupçonneux, je devine que la partie est loin d'être gagnée.

– Après cet accident, cela m'étonnerait que la pauvre soit capable de remonter un jour dans un avion, dis-je en prenant un ton dramatique.

Crumbeul lève le pied de l'accélérateur et se tourne vers moi.

– Que lui est-il arrivé ? me demande-t-il.

Je me tourne du côté de la vitre pour donner l'impression que je lutte contre de terribles souvenirs. En réalité, je passe en revue toutes les scènes de parachutisme que j'ai pu voir dans des films de guerre.

Une séquence de *Commando pour l'enfer vert* me revient en mémoire. Ce film raconte l'histoire de « Papy », un soldat retraité largué au-dessus de la jungle pour aller délivrer un groupe de scientifiques kidnappés par des trafiquants. Hélas, quand il s'éjecte de l'avion, son parachute se met en torche. Il tombe comme une pierre sur les grands arbres. Les rameaux le griffent, arrachant des lambeaux de sa combinaison de ninja. Sa tête heurte un tronc. Une branche éclate sous la violence du choc et lui perfore le flanc. Papy pousse un râle en portant les mains sur sa blessure. Le sang s'écoule entre ses doigts au moment où il perd connaissance.

La tempête qui fait rage, les éléments déchaînés, la pluie qui l'aveugle, le vent qui le rabat violemment sur la forêt dramatisent la séquence. Comme nous n'avons pas eu d'orage dans la région depuis un bon moment, je décide de m'inspirer de cette scène, mais de changer la météo.

– Ce jour-là, le ciel était d'un bleu pur, sans aucun nuage, dis-je. Ma grand-mère était heureuse. Ses amis du club s'étaient cotisés pour lui offrir un nouveau parachute, aux couleurs de l'arc-en-ciel. Les conditions paraissaient parfaites. La porte s'est ouverte et ma grand-mère s'est jetée dans le vide en criant « Geronimo ! ».

Pour la suite, je fais un copier-coller de la scène de *Commando pour l'enfer vert*, en remplaçant « Papy » par « Mamie ». À la fin de mon récit, je marque une pause, ménageant mon effet avant de poursuivre.

– Par chance, au sol, un automobiliste qui passait par là a eu l'idée d'appeler aussitôt les secours. Une demi-heure plus tard, les pompiers étaient sur place et ont donné les premiers soins à ma grand-mère…

Je mets fin à mon récit, le cœur battant, attendant que le prof d'anglais dise quelque chose. Aux premiers mots qu'il prononcera, je saurai si mon histoire a fonctionné.

– Eh bien, fait-il au bout d'un moment, je comprends que tu aies un peu la tête à l'envers.

Bingo !

La fin du voyage se déroule en silence. Jusqu'au moment où Crumbeul stoppe sa voiture devant chez moi. Ses petits yeux noirs et cruels se plantent dans les miens.

– Tu me prends pour un idiot ? dit-il. En trente-deux ans de carrière dans l'éducation nationale, je n'ai jamais entendu autant d'idioties en si peu de temps.

C'est à ce moment-là que mon portable sonne.

Crumbeul se cabre comme si le diable venait de pénétrer dans l'habitacle de la voiture.

Je porte ma main à ma poche, comme pour étouffer la petite musique qui s'en échappe. Je sens l'appareil vibrer sous mes doigts. Enfin, la sonnerie s'éteint doucement et le silence revient.

– Je croyais que tu n'avais pas de téléphone, gronde le prof d'anglais.

– C'est idiot, dis-je, j'étais persuadé de l'avoir oublié à la maison.

– Mes rosiers ! Mes pauvres rosiers ! Toutes ces ondes ! Quelle horreur ! s'affole Crumbeul.

Il effleure leur feuillage du bout des doigts.

– Ne vous inquiétez pas, mes petits chéris, gémit-il. Nous allons vite rentrer à la maison. Je vais vous donner de l'eau et une dose de bon engrais pour vous requinquer.

Son ton change lorsqu'il me découvre toujours assis à ses côtés.

– Sors de là ! Sors de là tout de suite ! éructe-t-il.

Je ne me fais pas prier pour m'éjecter de la voiture. Crumbeul baisse la vitre de son côté.

– Tu ne perds rien pour attendre, me lance-t-il en me menaçant du doigt. Nous tirerons cette histoire au clair plus tard.

Je me doute bien qu'il tiendra promesse.

Je regarde sa voiture disparaître au coin de la rue. Il est encore trop tôt pour rentrer chez moi. Le concert de Petsy Petsie ne se termine que dans un quart d'heure. Alors, je me faufile dans le jardin de mes voisins pour me cacher dans leur haie. Trois bips électroniques m'indiquent l'arrivée d'un message vocal. Sans doute la personne qui a tenté de me joindre tout à l'heure.

C'est Jules. J'écoute sa voix enthousiaste : « Super concert ! » hurle-t-il pour couvrir le bruit derrière lui. « On espère que tout va bien de ton côté. »

Je réponds à mon pote en envoyant un SMS : « C'est raté. Retour à la maison. Je vous explique tout demain. A+. »

Une dizaine de minutes plus tard, mon téléphone se manifeste à nouveau. C'est encore Jules. « Vraiment désolé pour toi. Concert terminé, on rentre », m'écrit-il. Il a joint une photo à son message. Une photo de Dounia. Un sourire rayonnant éclaire son visage. À côté d'elle se tient une femme vêtue d'une longue robe rouge constellée de paillettes scintillantes. Petsy Pepsie, je présume. Car évidemment, il manque la tête.

Je patiente encore un peu avant de quitter ma cachette pour rentrer à la maison, amer, meurtri par mon échec, mais sans inquiétude. Crumbeul ne me dénoncera pas à ma mère. Aucune chance. Je vais m'en assurer.

Direction l'infirmerie ! Prise de sang pour tout le monde !

(L'infirmière)

Dans la classe, ça commence à s'agiter. Voilà bien cinq minutes que le cours d'anglais aurait dû commencer et le prof n'est toujours pas là. Ce n'est pas anormal, c'est impossible : de toute sa carrière d'enseignant, monsieur Crumbeul n'a jamais eu une seule minute de retard. Cela fait partie de sa légende noire, que les élèves se transmettent de génération en génération.

Au début, alors que tous – sauf moi, bien sûr – s'attendent à le voir surgir à tout moment, le silence absolu continue cependant de régner dans la classe. On pourrait entendre une mouche conjuguer le verbe « to fly » au present perfect tandis que tous les regards fixent la porte restée ouverte.

Pourtant, les minutes passent et le prof n'apparaît pas. Au premier rang, les bons élèves incrédules consultent leur montre. Au fond, les cancres commencent à chuchoter et à espérer. Et bientôt, un joyeux brouhaha gagne toute la classe. L'Asperge se lève carrément pour aller discuter avec ses deux compères.

Nous bavardons tous hardiment – sauf Mathilde, qui continue de scruter la porte en se tordant les mains d'angoisse – lorsque la principale surgit.

Nous bondissons sur nos pieds comme un seul homme. La principale gagne l'estrade et s'installe derrière le bureau du prof. Les bras croisés sur la poitrine, elle balaye la classe d'un air grave avant de nous dire de nous asseoir. Ce que nous faisons dans un tintamarre de raclements de pieds de chaises.

– Toi aussi, tu as le droit de t'asseoir, Mathilde, précise la principale à la chouchoute du prof d'anglais (de tous les profs, d'ailleurs) qui reste debout à côté de son pupitre.

– Que se passe-t-il ? se lamente Mathilde. Où est monsieur Crumbeul ? Pourquoi n'est-il pas là ?

– Hum, hum… Eh bien, votre professeur n'est pas en mesure d'assurer son cours aujourd'hui, commence la principale.

Elle paraît très embarrassée et jette de fréquents coups d'œil en direction de la porte restée ouverte, comme si elle était pressée de s'enfuir ou comme si elle espérait voir apparaître la cavalerie se portant à son secours.

– Pouvez-vous au moins nous dire quand il reviendra ? supplie Mathilde.

– C'est difficile de répondre à cette question, poursuit la principale. Monsieur Crumbeul est souffrant. Il a besoin de repos et, à vrai dire, je ne sais pas exactement quand il sera en mesure de reprendre son poste.

– Souffrant ! s'exclame Mathilde. Est-ce que c'est grave ? Que peut-on faire pour lui venir en aide ? Avez-vous son adresse afin que je lui écrive des cartes postales pour lui remonter le moral ?

Une nouvelle fois, la principale louche vers la porte. Ses traits se détendent lorsqu'une silhouette massive apparaît dans l'encadrement.

Nous avons tous un mouvement de recul en découvrant la masse vêtue d'une blouse blanche, surmontée d'une figure rougeaude et coiffée d'une tignasse en forme de vieille serpillière couleur canari.

– Mademoiselle Lapikouz, enfin ! s'exclame la principale. Ces jeunes gens sont très inquiets pour leur professeur. J'espère que vous allez pouvoir les rassurer…

L'infirmière scolaire se plante devant le bureau, les mains sur les hanches. Son ombre se projette sur nous comme celle d'une montagne maudite.

– Votre prof a chopé un méningocoque stupidis mortalis, beugle-t-elle. Vous n'êtes pas près de le revoir, mes biquets.

Mathilde, d'un coup, devient plus blanche que l'Aspirine, ce que je ne pensais pas possible. Ses lèvres tremblent et ses yeux se brouillent de larmes.

– C'est horrible ! bredouille-t-elle. Organisons un Crumbeulton dans le collège pour récolter des fonds et payer un traitement en Amérique.

– Perds pas ton temps, ma petite fille, lui rétorque Lapikouz. Personne n'a jamais trouvé le moyen de soigner le méningocoque stupidis mortalis, MSM, comme on dit dans le métier.

Horrifiée, Mathilde porte ses mains sur son cœur. Cela n'émeut pas Lapikouz qui en a vu d'autres.

– Mets-toi bien dans le crâne que cette terrible affection ne connaît que deux issues : soit on en meurt, soit on reste idiot à vie. Monsieur Crumbeul a contracté une forme foudroyante, mais a pu être traité à temps, ses jours ne sont plus en danger. En revanche, il a pris un sacré coup sur la cafetière. Ses facultés mentales ne lui permettent pas de reprendre ses cours pour l'instant. Et je doute fortement qu'il en soit capable un jour.

– À quelques mois de la retraite, c'est moche, commente la principale.

Toute la classe sursaute lorsque l'infirmière frappe dans les énormes battoirs qui lui servent de mains.

– C'est pas tout ça, mes biquets, beugle-t-elle, mais le méningocoque stupidis mortalis, c'est pas de la gnognotte. C'est une maladie ultra contagieuse. Toutes les personnes qui ont été en contact avec monsieur Crumbeul ces derniers temps doivent être dépistées.

Elle roule des yeux terribles alors qu'un sourire sadique éclaire sa face rubiconde.

– En rang par deux ! Direction l'infirmerie ! Prise de sang pour tout le monde ! rugit-elle.

Tandis que nous suivons Lapikouz dans les couloirs, je m'interroge. Crumbeul a disparu de ma vie, mais il ne s'est pas totalement volatilisé. Est-ce ainsi que la gomme magique fonctionne ? Il faut que j'en parle avec le vendeur de Fiesta Market. Il pourra peut-être éclaircir ce nouveau mystère.

Je me demande également à quel point la maladie de Crumbeul est grave et contagieuse. Un horrible sentiment de culpabilité me taraude. Qu'ai-je fait ? Quelle catastrophe ai-je encore provoquée en inscrivant le nom de Crumbeul sur une feuille de papier pour ensuite l'effacer avec la gomme magique ? J'ai partagé l'habitacle exigu de la voiture du prof d'anglais la veille. Était-il déjà porteur du méningo bidule ? A-t-il pu me contaminer ? Et si je l'avais refilé à mon tour à mes potes, à toute la classe ? J'ai peur, terriblement peur que la situation dégénère, comme avec les perches du Danube. Dounia m'observe en coin avec un air suspicieux.

– Qu'est-ce qu'il y a ? je lui demande.

– Rien, souffle-t-elle, mais je vois bien qu'elle soupçonne quelque chose.

Je me contente de hausser les épaules. Hier soir, le nom d'Ernest Crumbeul a résisté plus longtemps aux va-et-vient de la gomme que tout ce que j'avais effacé jusqu'à présent. J'en ai déduit qu'il était plus difficile de faire disparaître des êtres humains que des objets inanimés. J'ai également constaté que j'ai davantage usé la gomme magique.

Encore un point sur lequel il faudra que j'interroge le vendeur de Fiesta Market. Et que j'en tienne compte à l'avenir…

Une surprise ?
De quoi s'agit-il ?

(Corina)

Mom n'a pas trouvé suspect que je propose de lui donner un coup de main à la cuisine, ce dimanche matin. Et si, quelques instants plus tard, je suis en larmes, c'est uniquement la faute des oignons qu'elle m'a demandé d'éplucher. Car pour le reste, la discussion est détendue et amicale.

– Tu es du signe du Cancer, m'explique Mom, mais ton ascendant, très puissant chez toi, est le Taureau : le plus gourmand du zodiaque. C'est pour cela que tu aimes faire la cuisine…

On sonne et je me dévoue pour aller ouvrir la porte. Cela me fait drôle de trouver mon père derrière, comme s'il était devenu soudain un étranger chez nous. Une femme brune se tient à côté de lui. C'est bien la même qu'à la boulangerie, mais je fais semblant de ne pas la reconnaître. Ni de comprendre pourquoi, elle, paraît si étonnée de me voir.

– Ah, c'est toi, dis-je à l'intention de mon père.

Je m'écarte pour les laisser entrer. Cette fois, l'ennemie est dans la place. Ma mère nous rejoint, s'essuyant les mains dans un torchon. Dad se lance dans les présentations.

– Émile, le grand garçon de la famille, dit-il en me désignant.

L'intruse hésite entre me tendre la main ou se pencher pour m'embrasser. Je recule d'un pas pour la convaincre de ne faire ni l'un ni l'autre.

Ma mère, infâme traîtresse, lui claque deux bises sur les joues.

– Il manque quelqu'un, fait remarquer mon père. Où est notre petit génie ?

Je devine un peu d'inquiétude dans sa voix. Dad sait de quoi ma sœur est capable : de tout !

Ma mère propose qu'on passe dans le salon et me demande de prévenir Miss Je-sais-Tout, quitte à l'interrompre dans des travaux de physique nucléaire de la plus haute importance.

Même si je m'y attends, j'ai un choc en poussant la porte de sa chambre. Elle n'y est pas allée de main morte ! Absorbée par la lecture d'un énorme bouquin (*De l'implication des nanoparticules dans la disparition des odonates en Franche-Comté*), ma sœur n'a pas entendu les invités arriver ni remarqué mon intrusion sur son territoire. Je me racle la gorge pour signaler ma présence.

– C'est quoi les odonates ? je lui demande.

– Des insectes possédant un corps allongé, deux paires d'ailes membraneuses le plus souvent transparentes et des yeux composés. De redoutables prédateurs, nécessaires à l'équilibre de la biodiversité.

Je la regarde avec mes yeux simples qui font de moi un prédateur minable.

– Les odonates comportent deux familles, poursuit ma sœur. Les zygoptères, plus communément appelés demoiselles et les anisoptères, les libellules.

– Et la Franche-Comté, là-dedans ?

– Sur les 89 espèces de libellules que l'on peut trouver en France, la Franche-Comté en abrite 67, dont 17 sont menacées, comme la libellule Déesse précieuse.

– Super ! Bon, Maman souhaite que tu viennes nous honorer de ton auguste présence.

– À quoi elle ressemble ? me demande ma sœur en me regardant par-dessus ses lunettes.

– Pas à une déesse précieuse, tu le constateras toi-même.

Je jette un regard autour de moi.

– Tu fais fort, dis-je.

– Après ce que tu m'as appris, ce n'est pas encore assez !

De retour dans le salon, je m'installe dans le vieux fauteuil vert. Miss Je-Sais-Tout me suit presque immédiatement. Elle embrasse mon père et se plante devant Corina, sans un mot.

– J'ai beaucoup entendu parler de toi, fait la nouvelle venue.

À la boulangerie, je n'avais pas remarqué son accent qui fait rouler les « r » et transforme les « u » en « ou ».

– J’ai une surprise pour vous, lui répond Miss Je-Sais-Tout en plissant les yeux.

Les joues de Corina rosissent.

– Une surprise ? De quoi s’agit-il ?

Ma mère surgit à ce moment-là, portant un plateau sur lequel sont disposés des bouteilles d’apéritifs, des verres et des coupelles remplies d’amuse-bouches.

– Si je vous le dis, ce ne sera plus une surprise, rétorque Miss Je-Sais-Tout. Et de toute façon, il faut la mériter…

Nous trinquons et les adultes, comme d’habitude, monopolisent la parole. Mon père surtout. Il enchaîne les anecdotes sans intérêt, comme s’il redoutait qu’une catastrophe surgisse du moindre moment de silence dans la conversation.

Mom l’interrompt de temps en temps pour demander à Corina si elle désire des olives, des bretzels ou des chips. Notre invitée doit avoir peur de refuser, car elle prend tout ce que ma mère lui propose du bout des doigts, et le picore lentement, visiblement troublée que Miss Je-Sais-Tout fixe sa bouche avec insistance.

– Vous avez vérifié si votre rouge à lèvres était *cruelty free* ? lâche soudain ma sœur.

– Pardon ? sursaute Corina.

– Votre maquillage : vous n’achetez que des cosmétiques non testés sur les animaux, j’espère…

Mon père intervient, bredouille des trucs comme quoi Miss Je-Sais-Tout est une enfant surdouée. L’appareil qui mesurait son QI a explosé en cours d'utilisation. Ma mère, elle, se souvient subitement qu'il est temps de passer à table.

Nous nous plaçons selon les indications de Mom. Elle a eu la merveilleuse idée de placer ma sœur à côté de Corina.

Le début du repas se déroule normalement. Tandis que nous dégustons les crudités en entrée, ma mère fait connaissance avec l'usurpatrice avec une désinvolture qui me stupéfie. Puis vient le moment que j'attends avec autant d'impatience que d'appréhension : celui où Mom apporte le plat de résistance dans une grosse marmite fumante qu'elle tient à bout de bras.

Au feu ! Appelez les pompiers !

(Dad)

– À la bonne franquette ! annonce ma mère en posant le plat au milieu de la table. J'espère que vous aimez le bœuf bourguignon, Corina.

– J'adore ça, prétend cette dernière.

Elle ajoute que la viande de bœuf est une spécialité de son pays natal. C'est comme cela que j'apprends qu'elle est originaire d'Argentine, et plus exactement de la capitale, Buenos Aires. Cela explique son accent.

Miss Je-Sais-Tout lui adresse une mimique hostile.

– Moi, je ne mange pas de cadavre, siffle-t-elle.

Corina, avec l'air d'un accusé qui vient d'entendre le juge lui annoncer qu'il était condamné à mort, baisse la tête sur son assiette où quatre morceaux de viande nagent dans la sauce au milieu de rondelles de carottes – c'est moi qui les ai émincées après avoir séché mon chagrin d'oignons.

Miss Je-Sais-Tout se sert de la jardinière de légumes que ma mère a préparée spécialement pour elle.

– Notre fille veut dire qu'elle est végétarienne, s'empresse de préciser Dad.

Il lâche un petit rire censé détendre l'atmosphère.

– Elle ne mange aucune protéine, à son âge ? s'étonne Corina.

C'est l'infirmière, spécialiste de la santé, qui reprend le dessus.

– Nous sommes parvenus à un accord sur le poisson, indique Mom.

– À condition qu'il ait été pêché avec des méthodes qui ne mettent pas en danger les écosystèmes, précise Miss Je-Sais-Tout.

– Cette jeune fille accepte également de manger des œufs, dit encore ma mère.

– Si les poules pondeuses sont élevées en plein air. Les volailles en batterie sont une horreur !

– Et du fromage…

– S'il est bio et si les agriculteurs producteurs de lait sont payés à un prix équitable !

Tout en expliquant à quel point préparer les menus à la maison est parfois un casse-tête, ma mère sert généreusement mon père, encouragée par ses mimiques gourmandes. Puis elle tend la main dans ma direction pour que je lui donne mon assiette.

– Je préfère prendre de la jardinière, dis-je.

Mom me regarde, un peu étonnée, puis elle exauce mon souhait en prenant garde de ne pas me servir de navets. Je déteste les navets, dans la gastronomie comme au cinéma.

– Eh bien, voilà des enfants très engagés, dit Corina.

Elle pique un morceau de bourguignon avec sa fourchette et le coupe de la pointe de son couteau. Je regarde ses lèvres s'entrouvrir pour enfourner la bouchée de viande.

Elle commence à mâcher, fronce les sourcils, puis ses yeux s'agrandissent, se remplissent de larmes, en même temps que son visage s'empourpre. Toute rouge, au prix d'un effort énorme, Corina finit par avaler ce qu'elle a dans la bouche avant de se jeter sur son verre qu'elle se bascule dans le gosier. Elle s'empare de la bouteille d'eau minérale pour se resservir aussitôt. Elle ingurgite ainsi huit verres l'un à la suite de l'autre, pour ne s'arrêter qu'une fois la bouteille vidée.

Mes parents ont assisté à la scène avec inquiétude. La fourchette en l'air, ils observent le contenu de leur assiette avec appréhension. Dad, le premier, tente l'expérience d'avaler un morceau de viande. Aussitôt, ses cheveux se dressent sur sa tête tandis que ses poings tombent avec fracas sur la table, de part et d'autre de son assiette.

– Au feu ! beugle-t-il. Appelez les pompiers ! J'ai un incendie dans la bouche !

Il se lève d'un bond pour foncer à la cuisine. On entend les glouglous qu'il fait en buvant, la tête renversée sous le robinet. Lorsqu'il revient s'asseoir, son visage ruisselle et sa chemise est trempée.

– Ton plat est sacrément relevé, dit-il à ma mère d'un ton faussement réjoui. Bon sang ! C'est un bourguignon de cow-boy, ce truc !

Mom ferme les yeux comme si elle se récitait une prière muette. À son tour, elle porte une minuscule portion à sa bouche, qu'elle accompagne d'un énorme morceau de pain. Elle devient aussi rouge que les autres, et elle a également les larmes aux yeux. Mais sa technique du « un peu de viande, beaucoup de pain » lui permet de finir son plat.

Corina, ne voulant sans doute pas paraître impolie, avale le contenu de son assiette, tout comme mon père. En prévision de l'épreuve, il est allé chercher un pack de six bouteilles d'eau pour éteindre l'incendie qui leur ravage le gosier à chaque bouchée.

La suite du repas se déroule en silence. Personne n'ose parler de peur que des flammes ne sortent de sa bouche. Les assiettes enfin vidées, ma mère se précipite sur la casserole pour l'emporter à la cuisine, en la tenant à bout de bras comme s'il s'agissait d'une bombe prête à exploser.

Tout le monde la suit des yeux en retenant son souffle. Mom revient avec un plateau de fromages, que nous dégustons sans pain, étant donné que toutes les réserves ont été englouties avec le bourguignon enflammé.

– Je suis affreusement désolée, dit ma mère à notre invitée. C'était immangeable.

– Au contraire, c'était très bon, affirme Corina. Cela m'a rappelé les asados de ma grand-mère. C'est un plat traditionnel chez nous, et mon abuela l'accompagnait de sa sauce chimichurri au piment. Plus elle appréciait une personne, plus elle en mettait. C'était sa façon de montrer son amour.

Elle marque un temps, puis elle pose les yeux sur moi.

– Il doit y avoir ici quelqu'un qui m'aime très fort, conclut-elle.

Je me sens alors comme une pivoine qui vient d'éclore : tout rouge. Heureusement pour moi, c'est le moment que ma sœur choisit pour soulever la nappe et inspecter les pieds de notre invitée. Son visage affiche une grimace de dégoût absolu.

– Vous portez des chaussures en cuir ! lâche-t-elle, au bord de la crise de nerfs.

Corina observe ses sandales, ne sachant que répondre.

– C'est la peau d'un animal qu'on a écorché ! poursuit ma sœur sans desserrer les dents.

– Et si nous passions au dessert ? s'interpose Dad.

Il se précipite dans la cuisine pour en revenir avec une grande jatte de salade de fruits au sirop et une belle brioche dorée. À l'aide d'une louche, il remplit les cinq coupelles que ma mère a disposées devant nous.

– Notre fille est Vierge ascendant Bélier, explique Mom à l'attention de Corina en découpant la brioche en tranches. Un cocktail astral étonnant, vous savez. Cela donne des personnes à la fois impliquées dans la défense de nobles causes, très têtues, et d'une franchise qui peut surprendre leurs interlocuteurs.

Le regard effaré de Corina montre bien à quel point être en présence d'une fille si jeune, si petite et en même temps aussi intransigeante l'effraye. Si seulement cela pouvait la convaincre de prendre ses jambes à son cou, de fuir loin, jusqu'en Argentine. Et de disparaître de ma vie !

– En ce moment, Saturne, planète du combat, est en transit dans sa maison V, poursuit ma mère, ce qui explique son hyperactivité. Ce matin, par exemple, elle a passé tout son temps à faire des recherches sur Internet et à imprimer je ne sais quoi. Sans doute des documents pour une des associations où elle milite…

– Et tu n'as que 8 ans ! Je suis très impressionnée, dit Corina sans réussir à dérider ma sœur.

Miss Je-Sais-Tout la toise, menton relevé, bras croisés sur la poitrine. Une chape de plomb tombe sur le salon. Le repas s'achève dans une ambiance de catastrophe imminente.

Tandis que les adultes sirotent du café, les enfants sont autorisés à quitter la table. Je me réfugie dans ma chambre en attendant la suite des événements.

Un peu plus tard, Miss Je-Sais-Tout se plante devant Corina.

– C'est l'heure de la surprise, lui annonce-t-elle.

– Chouette ! se réjouit la nouvelle compagne de mon père. J'en déduis que j'ai été assez sage pour la mériter.

Ma sœur ne fait aucun commentaire. Elle prie juste Corina de la suivre jusque dans sa chambre. Cette dernière adresse un sourire timide à mes parents avant de s'exécuter.

Dad échange un regard inquiet avec ma mère. Et tout de suite après, le hurlement retentit.

Tout le monde se précipite pour découvrir Corina pétrifiée sur le seuil de la chambre de ma sœur. Elle plaque ses mains devant sa bouche, comme si elle voulait empêcher son cœur de s'enfuir par là. Derrière elle, mes parents sont figés d'horreur.

Au centre de la pièce, toutes les poupées et les peluches sont réunies en cercle et brandissent des photos – celles qu'elle a imprimées ce matin – montrant des animaux dépecés et écorchés.

Au milieu de cette ronde d'épouvante, ma petite sœur déploie une banderole sur laquelle on lit : « la fourrure, c'est le meurtre ». L'ensemble aurait pu être mis en scène par un réalisateur de film d'horreur fou.

– Mais enfin, à quoi rime tout ça ? demande Dad.

– Elle porte des manteaux de vison et des cols en renard, lâche ma sœur.

Si ses yeux étaient des mitraillettes chargées, la nouvelle compagne de mon père tomberait sous les rafales. Même moi, elle m'effraie dans un moment pareil.

– Mais je ne porte jamais de fourrure, bredouille Corina.

Elle avance de deux pas, pénètre dans la pièce, et s'assied sur ses talons pour que son visage arrive au niveau de Miss Je-Sais-Tout.

– Tu mens ! crache ma sœur.

– Je suis allergique aux poils d'animaux. Si je portais de la fourrure, je serais tout le temps en train d'éternuer.

Elle prend la main de ma sœur dans la sienne. Elle lui caresse le bout des doigts. Un truc d'infirmière pour calmer les gens, sans doute.

– Qui a bien pu te raconter ça ? Que je portais de la fourrure… demande-t-elle doucement.

Je n'entends pas la réponse à cette question. Je me suis enfui à toutes jambes.

Elle est naze votre planque, bande de crapauds

(Les Trois As)

J'envoie un code Delta à mes potes et je me mets en route pour notre quartier général. Sur le boulevard, je presse le pas en reconnaissant la silhouette de Jules devant moi.

– Que se passe-t-il ? me demande-t-il, alors que je le rejoins.

– C'est la cata. Je vais tout vous expliquer au QG.

Nos téléphones vibrent au même moment, juste comme nous arrivons en vue de l'ancienne maison du garde-barrière. Un sacré coup de chance, parce qu'alors que nous nous arrêtons pour consulter le même message émanant de Dounia – « Vais avoir 10 minutes de retard. Désolée. A + » –, nous apercevons du mouvement du côté de notre repaire.

Nous nous accroupissons derrière une voiture en stationnement pour observer sans être vus. Trois silhouettes apparaissent.

– Qu'est-ce qu'ils fichent ici ? murmure Jules à côté de moi.

L'Asticot s'arrête sur le seuil et inspecte la façade décrépite, le nez en l'air, comme un chien de chasse qui cherche la piste d'un gibier. Ses acolytes ramassent des pierres qu'ils jettent dans les rares carreaux encore intacts. Ils éclatent de rire lorsqu'un de leurs projectiles atteint son but. Jusqu'à ce que leur chef porte deux doigts à sa bouche pour émettre un sifflement bref et qu'ils accourent comme deux toutous bien dressés. Enfin, la bande s'éloigne.

Nous attendons quelques instants, histoire d'être sûrs que les Trois As sont bien partis, et nous nous précipitons dans notre refuge… pour constater le massacre. Attila et sa horde de Huns n'auraient pas fait pire. Le mobilier a été saccagé. Le plateau de la table, amputée de ses pieds, a été fracassé en plusieurs morceaux. L'assise des chaises a été enfoncée à coups de talons. Sur le sol, les pierres qui ont servi à l'hécatombe des vitres gisent au milieu des débris de verre. Toute la pièce principale est jonchée de gravats de plâtre. Ils proviennent en grande partie du plafond que les vandales ont ravagé à l'aide des pieds de la table. D'ailleurs, ceux-ci sont encore fichés dans ce qu'il reste du plafond. Les Trois As se sont aussi amusés à faire exploser tout ce qui leur tombait sous la main – des briques et des mottes de terre – avant de signer leur razzia : « Elle est naze, votre planque, bande de crapauds », ont-ils écrit sur le mur du fond, en grandes lettres blanches, à l'aide d'un morceau de plâtre.

Une boule de rage m'enflamme le plexus lorsque je découvre le sort réservé à nos gardiens. Sacrilège ultime, nos trois icônes ont été décrochées pour être piétinées. Les cadres depuis lesquels ils veillaient sur nos séances sont démantelés. Leurs portraits déchirés en confettis. Il ne reste rien de l'Annonceur, du Visiteur et du Lampiste.

– Comment les Trois As sont-ils arrivés jusqu'ici ? s'interroge Jules.

– Je crois que c'est de ma faute. L'autre jour, lorsque Dounia a déclenché le code Delta, je suis venu directement, sans prendre les précautions d'usage, alors que je savais très bien que les Trois As me pistaient depuis l'histoire de la morsure. À coup sûr, ils m'ont suivi…

– Merde ! Merde ! Crotte et re-merde !

– Préviens Dounia que la séance est annulée.

Jules pianote un message sur son téléphone, puis il entreprend de ramasser un à un les morceaux des photos éparpillées façon puzzle. Il ne peut se résoudre à abandonner nos gardiens ainsi. Nous prenons le chemin du retour, le pas lourd, et sans dire un mot jusqu'au moment de nous séparer.

– Où j'irai… dit Jules en tendant son poing.

– Mes potes iront, je lui réponds.

Mais le cœur n'y est pas. Arrivé devant chez moi, je me demande quel châtiment m'attend. Miss Je-Sais-Tout a dû me dénoncer. C'est bien moi qui lui ai raconté que la nouvelle compagne de notre père était folle de fourrure. J'ai même prétendu que Corina dormait avec un pyjama en peau de lémurien. J'étais sûr que cela déclencherait chez elle une action d'éclat. Ça n'a pas raté.

Mes parents ont dû comprendre, eux, que j'avais vidé le pot de piment extrafort dans le bourguignon. Dad doit être furieux et Mom, désespérée. Peut-être est-elle déjà en train d'interroger les astres pour comprendre ce qui m'arrive. Quoi qu'il en soit, je sens que je vais passer un sale quart d'heure.

Je pousse doucement la porte et tends l'oreille. La maison est plus silencieuse qu'une salle d'étude surveillée par Crumbeul. Ce calme n'est pas seulement suspect, il est aussi super angoissant. Il ne manque qu'une musique bien flippante en bande-son. J'ai tous les symptômes du stress absolu : les mains moites, le cœur qui bat à 300 à l'heure et la gorge sèche.

J'entre comme on s'engage dans un champ de mines : avec la trouille de poser le pied sur le fil qui déclenchera l'explosion fatale. Je suis aussi tendu que Sam Hénerve, le détective qui ne perd jamais son sang-froid, dans *Échec aux Tchèques* (le premier film de la série) au moment où il pénètre dans l'antre du cruel docteur Labuse. Pour se donner du courage, il file directement vers le bar pour s'envoyer une grande rasade de whisky dans le gosier. Je me contente de me rendre à la cuisine pour me servir un verre d'eau. La pièce est déserte. La diode rouge qui clignote sur la façade du lave-vaisselle indique qu'il a terminé son travail. En inspectant la poubelle, je découvre les restes du bourguignon enflammé. Les images sanguinolentes imprimées par ma sœur ont été déchirées et jetées dans le bac réservé au recyclage.

Je me sers un autre verre d'eau que j'emporte au salon. Celui-ci aussi a repris son aspect habituel. Dad et Corina sont partis. On a retiré les rallonges de la table et rangé la nappe du dimanche. Ma mère est installée sur le canapé. Les jambes repliées sous elle, elle sirote un thé brûlant en lisant un magazine. Elle sourit en me découvrant, immobile au milieu de la pièce. Je me sens soudain désarmé.

– Attention à ne pas renverser, me dit-elle.

Le verre qui devait me donner une contenance tremble dans ma main.

– Tu es sûr que ça va, Émile ? me demande-t-elle.

Je voudrais lui répondre quelque chose de rassurant, mais aucun son ne sort de ma bouche.

Je me contente de lever le pouce pour la tranquilliser et je me défile en direction de ma chambre. Je fais un crochet par celle de Miss Je-Sais-Tout. Tout est trop calme, ici. J'ai besoin de comprendre pourquoi tout le monde agit comme si rien ne s'était passé.

Tu devrais d'abord me demander pardon

(Miss Je-Sais-Tout)

Je frappe à la porte de la chambre de ma sœur et entre sans attendre sa réponse. Je la trouve à nouveau plongée dans la lecture de son traité sur les demoiselles libellules de je ne sais plus où. Ses poupées et ses peluches sont rangées, bien sagement.

– Ça a dû barder, dis-je. Dad devait être furieux. Et Corina…

– Détrompe-toi, répond ma sœur sans lever la tête de son livre. Au moment de partir, Corina a remercié Maman pour l'excellent déjeuner. Elle a ajouté qu'elle avait été enchantée de faire la connaissance d'enfants aussi « attachants et créatifs ».

– Tu es sûre qu'elle parlait de nous ?

Elle continue de lire sans même me faire l'aumône d'un regard. Comme si je n'existais pas. Soudain, la lumière se fait en moi.

– Tu ne m'as pas dénoncé, dis-je. Pour l'histoire de la fourrure, tu n'as rien dit…

Miss Je-Sais-Tout relève la tête, la penche sur le côté avec un sourire narquois.

– Eh bien, disons que je n'ai pas jugé utile d'informer tout le monde que mon frère est un menteur et un manipulateur.

– Je vais t'expliquer…

– Pas la peine. J'ai présenté mes excuses à Corina en lui disant que j'étais affreusement désolée, qu'on m'avait mal informée. Elle a très bien compris. On est devenues super copines. Elle va faire circuler la pétition pour les lémuriens dans l'hôpital où elle travaille. Je vais récupérer une centaine de signatures.

– J'imagine que je devrais te dire merci…

– Non, tu devrais d'abord me demander pardon, et ensuite seulement me dire merci.

Cela me coûte, mais, par diplomatie, je décide de lui laisser le dernier mot. Je tourne les talons pour aller me réfugier derrière mon ordinateur. Et pour m'occuper l'esprit, je me connecte sur 100-films.com. Mais le cœur n'y est pas. Impossible de pondre deux lignes correctes sur *Invasion*, remake de *L'Invasion des profanateurs* tourné en 1955, et qui est pourtant un de mes films préférés pour la simple et bonne raison que pour une fois, les méchants extraterrestres gagnent à la fin. J'ai beau me concentrer, rien à faire.

Dans le salon, la sonnerie du téléphone se fait entendre – les gazouillis électroniques, pas le thème de *Star Wars*. Je tends l'oreille. Est-ce mon père qui appelle ? Veut-il savoir si je suis rentré ? Si j'ai donné une explication à mon comportement inadmissible ? (J'imagine que ce sont les mots qu'il a employés.) Ai-je bien entendu Mom prononcer mon prénom ? Je tends l'oreille. En vain.

La saga de Sam Hénerve, le détective qui ne perd jamais son sang-froid, se compose de cinq films. Le dernier de la série, *Banco à Bangkok*, est à mon avis le moins réussi. Le réalisateur choisi pour succéder à Jimmy Frost n'a rien compris à la subtilité du personnage. Il le résume à une brute qui résout les énigmes à coups de poing alors que Sam Hénerve sait très bien se servir aussi de sa tête : pour donner des coups de boule, par exemple.

Peu importe, il reste une référence du film policier et on peut y apprendre une foule de trucs de détective privé. Dans *Banco à Bangkok*, justement, il découvre le plan secret du machiavélique docteur Labuse grâce à un système d'écoute improvisé, aussi simple qu'efficace : un verre appliqué contre une cloison lui permet d'entendre tout ce qui se dit dans la pièce d'à côté.

Je vide mon verre d'eau d'une traite, débarrasse mon bureau d'un revers de main, et grimpe dessus. Là, je plaque le verre contre le mur… Soit je ne sais pas m'y prendre, soit le truc de Sam Hénerve est bidon, mais je n'entends qu'un bourdonnement inintelligible. Je ferme les yeux, espérant optimiser mon ouïe en déconnectant mes autres sens.

Étrangement, à peine ai-je baissé le rideau de mes paupières qu'une image s'imprime sur ma rétine : un visage encadré d'un halo de cheveux blonds vaporeux, un petit buste, deux bras, deux jambes.

Je rouvre les yeux.

Les ferme pour chasser la vision.

Les ouvre à nouveau.

Elle est bien là. En chair et en os. L'air sévère, un pli barrant son front au-dessus de ses pupilles claires et froides comme l'acier d'un poignard. Ma sœur. Miss Je-Sais-Tout.

– Qu'est-ce que tu fabriques ? demande-t-elle.

– Une expérience pour le cours de physique-chimie, je réponds avec un aplomb et un sens de la repartie dignes de Sam Hénerve.

– Tu espionnes Maman, siffle-t-elle en pinçant les lèvres.

À ce moment-là, elle me fait penser à un redoutable serpent venimeux.

– Ce n'est pas ce que tu crois, dis-je pour calmer le jeu en descendant du bureau.

– Bien sûr que si, tu l'espionnes.

Miss Je-Sais-Tout me regarde sans un mot, attendant la suite. Je baisse la tête. Il faut que je trouve une explication, vite.

– Cette fois, je vais te dénoncer, et je dirai tout aussi pour la fourrure.

Je bondis pour lui barrer le passage.

– Ne dis rien ! Je ferai tout ce que tu voudras !

Un sourire retrousse sa lèvre supérieure et ses yeux se mettent à briller d'une lueur démoniaque.

– Vraiment « tout » ? demande-t-elle.

Nous avons une bonne et une mauvaise nouvelle

(La principale)

Mes potes ont un hoquet de surprise en me voyant arriver au collège avec un tee-shirt rose guimauve pourvu de manches ballons. J'ai l'air d'une princesse de dessin animé débile. Devant, au niveau de la poitrine, on peut lire une inscription en lettres noires : « Sauvez les lémuriens de Madagascar ». Et derrière : « Signez la pétition sur SOS-Lemuriens.com. »

– Aïe ! Ça pique, fait Jules.

Comme je le leur explique, Miss Je-Sais-Tout a exigé que je porte cette horreur toute la journée en échange de son silence. Je l'ai suppliée de me fournir le modèle garçon, mais il paraît qu'il n'existe pas, pour la simple raison (c'est ce que prétend ma sœur) que seules les filles s'engagent dans ce combat.

– Cette journée va être très longue, soupire Dounia.

Je redoute le moment où mes potes me demanderont de ne pas me tenir trop près d'eux. Ils n'en font rien, mais je crois mourir de honte lorsque Mathilde, à la tête d'une délégation de cinq autres filles de la classe, vient me féliciter pour mon implication dans le combat pour la biodiversité.

J'aurais pu faire disparaître ce maudit tee-shirt avec ma gomme magique. Mais j'ai décidé désormais de ne l'utiliser qu'en ultime recours. Chaque fois que je l'ai utilisée, le sort s'est retourné contre moi. En outre, je suis persuadé que Miss Je-Sais-Tout aurait exigé une peine de substitution. Et qu'elle serait sans doute pire.

La cloche sonne et nous nous mettons en rang. Monsieur Barge, le prof de maths, vient nous chercher. Tandis que nous le suivons, une nouvelle incroyable parcourt la colonne des élèves : les Trois As ne sont pas là ! Absents, tous les trois ! Du jamais vu ! C'est presque trop beau pour qu'on y croie. Ils doivent être en retard… On va les voir surgir d'une seconde à l'autre… Je m'abstiens de commenter la nouvelle, mais je sais bien, moi, qu'ils ne viendront pas. Ni aujourd'hui, ni demain. Effectivement, lorsque nous nous installons dans la classe, leurs places restent vides. Et le prof qui fait l'appel répète leurs noms en vain. Personne ne répond. Il note leur défection dans le cahier d'absence.

Monsieur Barge nous indique à quelle page ouvrir nos manuels lorsque soudain, la principale et mademoiselle Lapikouz font irruption dans la salle.

– Nous avons une bonne et une mauvaise nouvelle, commence la principale après nous avoir fait asseoir.

– Les résultats de vos examens sanguins montrent que tous ceux qui sont présents ici sont nickels, enchaîne l'infirmière, pas de méningocoque stupidis mortalis pour eux. C'est la bonne nouvelle. La mauvaise, c'est que vos trois camarades absents l'ont chopé, eux.

Elle ne se doute pas que c'est également une bonne nouvelle pour la classe : tout le monde a, un jour ou l'autre, fait les frais de la méchanceté des Trois As.

– Rassurez-vous, ils ont été soignés à temps. Ils sont sains et saufs.

– Ils vont juste rester idiots, je murmure à Jules.

– Ils l'étaient déjà, ricane-t-il.

Dounia, elle, me lance un regard terrifiant. Dans ses yeux, je peux lire un mélange de questionnement et de reproche.

La principale ajoute que les Trois As ont été hospitalisés dans le même établissement que Crumbeul, et nous encourage à leur écrire un courrier commun pour les soutenir dans cette épreuve.

– Cela ne servira à rien, la coupe Lapikouz en haussant les épaules. Ils ne savent déjà plus lire leurs prénoms…

Pendant toute l'heure de cours, je sens peser sur ma nuque le regard de Dounia. Ma pote se doute de quelque chose, c'est évident. Elle ignore ce que j'ai fait, mais, quoi qu'il en soit, elle désapprouve. Et je préfère différer le moment où je vais me retrouver face au feu roulant de ses questions.

À la fin du cours, je me précipite vers Mathilde et ses copines sous prétexte de leur parler des lémuriens de

Madagascar, de l'action de ma sœur pour les protéger, de sa pétition, et tout ça. Grâce à ce bouclier humain, je passe devant mes potes sans encombre. Dounia, les mains sur les hanches, me lance un message télépathique que je capte cinq sur cinq : « Tu ne perds rien pour attendre. »

Crumbeul n'ayant toujours pas de remplaçant, l'heure suivante se déroule en salle d'étude sous la surveillance de Chou Rouge. Je m'installe au premier rang à gauche, juste devant le bureau du CPE. Je ne peux pas être plus éloigné de Jules et de Dounia qui sont assis, eux, au fond de la salle. Si on m'avait dit qu'un jour, je fuirais mes potes…

J'ai beau essayer de me concentrer sur le livre ouvert devant moi, rien à faire. À chaque fois que je jette un coup d'œil du côté de mes amis, je croise les yeux de Dounia, chargés de reproches.

À un moment, pourtant, elle ne regarde pas dans ma direction. Je la vois rédiger un petit mot qu'elle plie ensuite en quatre avant de le tendre à Jules. Celui-ci le transmet aussitôt devant lui. De main en main, le billet finit par échouer sur ma table. Je déplie le papier pour découvrir le message : « Qu'as-tu fait à Crumbeul et aux Trois As ? »

Qu'est-ce que tu fais ici, le cannibale ?

(Chou Rouge, le CPE)

Lorsque je relève la tête, ma pote me considère sévèrement. J'écarte les mains, paumes ouvertes vers le plafond, en signe d'incompréhension. Elle me répond avec l'index dressé qu'elle agite d'avant en arrière : « Gare à toi ! ».

Que puis-je lui dire ? Qu'elle a raison ? Que j'ai bien fait disparaître les Trois As ? Veut-elle que je lui explique comment ? Me croira-t-elle seulement ? Hier soir, dans mon lit, je n'arrivais pas à trouver le sommeil. Dès que je fermais les yeux, je voyais le saccage de notre quartier général. Les chaises défoncées, les vitres fracassées, l'inscription sur le mur et, pire que tout, les images de nos gardiens déchirées.

Incapable de chasser les Trois As de mes pensées, j'ai fini par allumer ma lampe de chevet et me lever en silence. Ma décision était prise. J'ai sorti un papier, un crayon et la gomme magique.

Au moment de passer à l'acte, j'ai eu un doute. Pas sur le fait que j'allais me débarrasser une bonne fois pour toutes de ces abrutis, mais sur la bonne formulation. Si j'écrivais « les Trois As », qu'allait comprendre la gomme qui semble tout prendre au pied de la lettre, comme cela s'est produit pour les perches du Danube ? Ne risquait-elle pas de faire disparaître l'as de carreau, de pique, de cœur ou de trèfle de tous les jeux de cartes du monde ? Finalement, j'ai tranché pour « Les Trois As, élèves de sixième E au collège Pasteur ». Cela me paraissait la meilleure solution.

À ma grande surprise, les lettres se sont estompées facilement. Bien plus facilement que lorsque j'avais éliminé Crumbeul. Était-ce une question d'âge ? De poids ? D'intelligence ? Était-il plus facile de supprimer trois crétins qu'un professeur diplômé ? Je ne me suis pas posé longtemps ces questions. Ma feuille était redevenue vierge, c'était le principal.

De retour dans mes draps douillets, je me suis alors endormi comme un bébé.

Aujourd'hui, si je ne raconte pas tout cela à mes potes, c'est que j'ai peur de leur jugement. Si je leur avoue tout, la gomme magique, les perches du Danube et l'interro d'anglais annihilées, Crumbeul et les Trois As effacés du décor, me comprendront-ils ? Vont-ils accepter que j'aie éliminé physiquement une espèce de poisson et quatre personnes de sang-froid ? Et que je n'en éprouve pas le moindre remords ? Plus je réfléchis et plus je suis convaincu qu'il est préférable, pour l'instant, de tout nier en bloc.

À la fin de l'étude, Mathilde et ses copines me servent encore de paravent. Je les retiens en cercle autour de moi en leur expliquant en long, en large et en travers, pourquoi elles doivent aussi défendre les libellules franc-comtoises. Jusqu'au moment où elles se dirigent vers un endroit où je ne pourrai pas les suivre : les toilettes des filles. Alors, pour éviter la confrontation avec mes potes, je n'ai d'autre choix que de me réfugier dans celles des garçons.

Assis sur la cuvette, je cherche en vain une solution. Toutes les trois minutes, je me retrouve dans le noir, car l'éclairage fonctionne avec une minuterie et un détecteur de mouvement. Il faut que je lève le bras et que j'agite la main pour faire revenir la lumière.

Soudain, des coups redoublés contre la porte m'arrachent à ma torpeur.

– Eh, ça fait des plombes que tu es là-dedans ! Place aux autres.

Je tire la chasse pour donner le change et je quitte mon repaire. Au moment où je sors des toilettes, la griffe de Dounia m'enserre le bras. Jules est avec elle. Ils m'entraînent à l'écart. Cette fois, je suis coincé : l'heure des explications a sonné.

– Qu'est-ce que tu leur as fait ? demande Dounia.

Je secoue la tête.

– Crumbeul, les Trois As… Tu les as maraboutés ? C'est ça ?

– C'est ta mère la sorcière qui t'a appris ? intervient Jules.

– Arrêtez avec ma mère ! Ça devient lourd, à la fin ! Elle est astrologue, pas sorcière, elle ne jette pas de sorts.

– Tout a commencé avec l'interro d'anglais, reprend Dounia. Tu n'avais pas révisé et, comme par magie, la préparation de Crumbeul se volatilise…

– La magie n'existe pas.

– Puis, c'est Crumbeul, comme par hasard au moment où il risquait de révéler ta tentative de fugue, qui disparaît.

– Il a chopé une bactérie, je n'y suis pour rien…

– Puis les Trois As, nos pires ennemis !

– Coïncidence…

Dounia ne croit pas un mot de ce que je raconte, et elle me le dit avec force. Le ton monte. Plus je me défends, plus elle m'accuse. L'un et l'autre, nous hurlons, nous nous jetons des noms d'oiseaux à la figure. Jules joint sa voix au concert.

– Attention ! s'écrie-t-il soudain. Voilà Chou Rouge…

Le CPE, attiré par nos vociférations comme un requin par l'odeur du sang, approche en traître, les mains dans le dos.

– Viens, Jules, dit Dounia en l'entraînant, écartons-nous de ce fils de sorcière avant d'attraper, nous aussi, le méningocoque stupidis mortalis… comme par hasard ! Nous aussi, nous allons disparaître, et ce sera encore une coïncidence !

Notre séparation a le mérite d'éloigner le CPE qui reprend sa ronde dans la cour de récré. Je regarde mes potes me tourner le dos en refoulant les larmes qui me montent aux yeux. Cette fois, c'est le bouquet ! J'ai la rage. Je vais perdre mes deux seuls amis.

Tout cela, par sa faute. Sa faute à « elle » ! La révélation m'éblouit soudain, m'aveugle même. Je comprends d'où viennent tous mes malheurs. La source, l'origine de tout ce qui m'arrive, c'est « elle ». La disparition de Crumbeul ? Sa faute ! Celle des Trois As ? Encore sa faute ! Et l'extinction de toute une espèce de poissons endémique du Danube aussi ! Sa faute ! Sa faute ! Sa faute ! Si elle n'était pas apparue dans notre vie, Dad serait toujours avec nous, je n'aurais pas tenté de fuguer, je n'aurais pas été démasqué par Crumbeul. Et cetera. Et cetera.

De colère, je donne un coup de pied dans une pierre. Le projectile fend l'air pour aller frapper le mollet gauche de Chou Rouge. Quand je pense que je n'ai jamais été fichu de marquer un but au foot, je n'ai vraiment pas de bol. Comme je n'ai pas trop envie de connaître l'opinion du CPE sur ce superbe shoot, je m'engouffre dans le bâtiment pour trouver refuge dans la première salle que je trouve ouverte.

Par la fenêtre, prenant bien garde de ne pas être vu, je jette un coup d'œil à l'extérieur. L'affolement de mon cœur se calme doucement en découvrant que le CPE ne m'a pas repéré. Il tourne la tête dans tous les sens, comme une girouette prise dans une tornade tropicale, cherchant à deviner d'où vient le coup.

Maintenant, je sais ce qu'il me reste à faire.

Je m'installe au bureau, à la place du prof.

Je sors une feuille de mon cartable.

Je prends un crayon dans ma trousse.

Je le pose bien parallèle au bord de la feuille de papier. De l'autre côté, à droite, je dispose la gomme.

Je ferme les yeux. Le brouhaha de la cour de récré s'estompe tandis que je me concentre sur le cérémonial. Il a fonctionné à chaque fois, alors je veux le réaliser de la même façon, dans les moindres détails.

Enfin, j'ouvre les yeux et m'empare du crayon. En retenant mon souffle, je trace de belles lettres bien lisibles pour former le mot « Corina », puis je sors la gomme magique de ma trousse.

Tant pis si toutes les Corina du monde disparaissent comme les perches du Danube. Ce n'est pas moi qui les pleurerai.

Le C s'efface difficilement. Je dois appuyer plus fort en faisant attention à ne pas déchirer le papier.

Il finit par s'estomper, puis le O, puis le R…

Soudain, une ombre se dresse au-dessus de moi.

– Qu'est-ce que tu fais ici, le cannibale ? gronde Chou Rouge.

Surpris, je lâche la gomme magique. Elle roule sur le bureau, arrive au bord, bascule, mais, dans un réflexe il l'intercepte avant qu'elle ne touche le sol. Et je le vois avec horreur la fourrer dans sa poche.

Pétrifié, je n'esquisse pas le moindre geste lorsque le CPE s'empare de la feuille sur laquelle ne figurent plus que les trois lettres INA.

– Qu'est-ce que c'est que ça ? La liste des gens que tu comptes dévorer prochainement ? Tu prépares ton menu, espèce d'anthropophage ? marmonne-t-il en froissant la feuille entre ses grosses mains velues.

La sonnerie qui retentit à cet instant m'évite de répondre. Chou Rouge tourne les talons et, à la manière d'un basketteur, expédie sa boulette dans la poubelle en une parabole parfaite.

– Trois points ! triomphe-t-il.

Moi, mes mains tremblent tellement que ma trousse m'échappe et que tous mes crayons se répandent par terre comme un jeu de mikado.

– Dépêche-toi de ramasser tes affaires et d'aller te mettre en rang avec les autres, gronde encore le CPE avant de disparaître.

À quatre pattes, je rassemble le contenu de ma trousse. J'ai l'impression que le décor tourne autour de moi. Que les meubles sont catapultés aux quatre coins de la pièce ! Que les murs s'effondrent ! Que le sol va s'ouvrir pour m'engloutir !

Merde ! Merde et re-merde ! Pourquoi est-ce que le sort s'acharne contre moi ? Pourquoi est-ce que tout le monde m'en veut ? Pourquoi est-ce que rien ne se passe jamais comme je le souhaiterais ? Une question par-dessus tout m'obsède : Chou Rouge a interrompu le rituel en plein milieu. Je n'ai eu le temps d'effacer que les trois premières lettres du prénom de Corina. Que va-t-il encore m'arriver ? Quelle tuile va me tomber sur la tête cette fois ?

Aujourd'hui, c'est un jour spécial !

(Mathilde)

Les jours suivant cet épisode, j'ai les nerfs tellement en pelote qu'on pourrait tricoter un pull avec. Je n'arrête pas de jeter des regards par-dessus mon épaule, comme si un danger rôdait, tout le temps, partout, prêt à fondre sur moi. Un oiseau qui s'envole et je sursaute. Une voiture qui klaxonne et je bondis. Une porte qui claque et je grimpe aux rideaux.

Pourtant, rien n'arrive. Et je dois me rendre à l'évidence. La gomme magique n'a aucun effet si on n'efface pas en totalité le nom de la chose ou de la personne que l'on souhaite voir disparaître. La preuve, c'est que Corina est toujours là. Elle est même passée à la maison en fin d'après-midi apporter de nouvelles signatures à Miss Je-Sais-Tout pour sa pétition. Pire : Mom l'a invitée à boire une tasse de thé. Elles ont discuté pendant plus d'une heure toutes les deux au salon, comme deux vieilles copines.

Au collège, plus besoin d'inventer des stratagèmes pour éviter mes potes. Jules et Dounia m'ignorent. Ils s'éloignent dès que je fais mine de m'approcher et tournent la tête quand nous nous croisons dans les couloirs. Ce matin, ils passent devant moi sans un regard, comme si j'étais l'homme invisible. Dounia lâche juste d'un ton moqueur :

– Bisous aux lémuriens.

Je m'apprête à lui demander des explications lorsque je me retrouve encerclé par un essaim de demoiselles en rose. Depuis le jour où elle m'a servi de paravent humain, Mathilde ne me lâche plus d'une semelle. Un vrai pot de colle ! Le problème, c'est qu'elle ne se déplace jamais sans sa troupe de copines qui l'imitent en toute chose. Quand la chouchoute de tous les profs a voulu un tee-shirt « lémuriens », tous les membres de son fan-club ont insisté pour avoir le même. J'ai dû m'humilier devant Miss Je-Sais-Tout en la suppliant de me fournir le précieux vêtement.

– Pourquoi tu ne portes pas le tien ? s'exclame Mathilde.

Sa déception paraît immense.

– Euh… Ma mère l'a mis au lavage. Et puis, je préfère le garder pour les grandes occasions.

– Mais aujourd'hui, c'est une grande occasion ! poursuit-elle en montant dans les aigus. C'est le jour de la photo de classe.

– Photo de classe ! s'écrient en chœur ses suivantes en battant des mains.

– C'est pour ça qu'on s'est toutes habillées pareil, confirme Fatoumata.

Si la gomme magique se trouvait à cet instant dans ma poche plutôt que dans celle de Chou Rouge, je crois que je serais tenté de faire disparaître cette bande de gazelles survoltées.

Le prof de français arrive et, au lieu de nous conduire en classe, il nous entraîne en direction du gymnase. Des bancs ont été installés sous le panneau de basket, juste en face d'un appareil photo posé sur un trépied. Le photographe nous accueille en nous recommandant de nous ranger selon notre taille : les grands derrière et les petits devant. Tandis que nous nous mettons en place, il finit de régler une drôle de lampe coiffée d'un parapluie en papier aluminium. Puis il se penche sur son appareil, colle son œil dans le viseur et sursaute !

– Celle-là, dit-il dans sa barbe, on ne me l'avait encore jamais faite. Pourtant, je fais des photos dans les écoles depuis trente ans, dit-il en me désignant moi, tout seul au deuxième rang sur la droite, entouré d'un groupe de filles portant toutes le même tee-shirt couleur guimauve.

Il se penche à nouveau, et lève une main pour attirer notre attention.

– Tout le monde regarde par ici, dit-il. On redresse la tête… Regardez vers moi… Souriez ! Souriez !

La grosse lampe dans son parapluie d'aluminium émet un flash éblouissant. Mais il faut recommencer à trois reprises. D'abord parce que Karim a fait des oreilles de lapin à Charlotte. Ensuite parce que Charlotte a tourné la tête au dernier moment pour vérifier que Karim ne lui faisait pas des oreilles de lapin. Et enfin, parce que le photographe a cru que Gaétan faisait des grimaces alors qu'il plissait les yeux parce qu'il est myope et qu'il avait enlevé ses lunettes. Finalement, le photographe l'a convaincu de remettre ses lunettes, a séparé Karim et Charlotte, et il a pu prendre cette fichue photo de classe. La première depuis la maternelle où Dounia, Jules et moi ne sommes pas côte à côte.

Alors que nous traversons la cour de récré pour regagner notre salle de cours, Chou Rouge surgit et nous ordonne d'attendre un instant. Le CPE cherche quelqu'un du regard parmi nous, ses yeux chafouins glissant d'un élève à l'autre. Il s'arrête sur moi.

– Convoqué chez la principale, annonce-t-il en donnant un coup de menton dans ma direction.

Qu'est-ce que cela signifie ? Pourquoi diable la principale aurait-elle besoin de me voir ? Mon cœur part au triple galop dans ma poitrine.

– Tu attends un carton d'invitation ? grogne Chou Rouge en voyant que je ne réagis pas.

Je sors du rang et rejoins le CPE, chancelant comme un boxeur qui vient d'apercevoir dans le coin opposé un adversaire dix fois plus balèze que lui. Nous nous éloignons sous le regard des autres qui m'observent comme on guette un funambule sur son fil : en se demandant à quel moment il va tomber.

Marcher dans les couloirs déserts du collège aux côtés de Chou Rouge a quelque chose de surréaliste. Et d'angoissant. Mon moulin à scénarios tourne à plein régime. J'envisage toutes les hypothèses, jusqu'à ce qu'une seule s'impose à mon esprit : je suis démasqué !

Ou alors, on m'a dénoncé. Qui ? Je pense à Dounia. Lorsque je suis sorti du rang tout à l'heure, à l'invitation expresse du CPE, elle m'a encore regardé d'un drôle d'air.

En tout cas, à présent, mon compte est bon. Je tenterais bien de m'enfuir, mais mes jambes flageolent sous moi, sans consistance, et je les soupçonne de ne pas être capables de me porter bien loin. De toute façon, il est trop tard. Nous sommes arrivés à destination.

La porte du bureau de la principale s'ouvre et je me fige. Un cri m'échappe.

– Mom !

Mom... tu crois que Corina va se réveiller bientôt ?

(Émile)

Assise sur une des deux chaises qui font face au bureau de la principale, ma mère est tellement pâle qu'on pourrait voir à travers. La principale désigne le siège inoccupé et je comprends qu'elle attend de moi que j'y pose mon postérieur. J'obéis tandis qu'elle renvoie le CPE d'un geste agacé.

À peine a-t-il déguerpi que la principale se tourne vers moi, les mains jointes sur son bureau, entremêlant ses doigts comme pour réciter une prière. Puis sa voix s'élève, lentement, doucement.

– Émile, il s'est produit un événement… commence-t-elle.

Elle cherche ses mots.

– Un événement triste et grave, continue-t-elle. Il va te falloir beaucoup de courage…

J'ai l'impression d'entendre jouer un orgue. Le genre de musique lugubre qui résonne dans les films quand le tueur a la machette, sa lame levée au-dessus de sa tête, s'approche de sa victime qui ne se doute de rien.

La principale continue de parler, mais, distrait par mon imagination, je ne capte qu'un mot sur quatre. Qu'est-ce que ça veut dire ? Pourquoi parle-t-elle de fatalité, d'épreuve de la vie et d'hôpital ?

Les mots se bousculent dans ma tête comme les pièces d'un puzzle qui refuseraient de s'assembler. Mom se penche vers moi, le regard grave. Elle prend ma main entre les siennes. Ses doigts sont aussi chauds et doux qu'un petit nid d'oiseau.

– Corina a eu un accident, me souffle-t-elle. Elle est dans le coma.

Cette fois, je sais ce que ressent un papillon percuté par un autobus. Je secoue la tête, sonné. J'entends les mots qu'échangent ma mère et la principale, mais je n'en saisis pas le sens. C'est comme si elles parlaient une langue étrangère.

Puis Mom se lève et je l'imite, me dressant comme un automate. La principale nous raccompagne jusqu'à la sortie du collège. Dans la rue, Mom allonge le pas et je suis presque obligé de courir pour rester à son niveau. Miss Je-Sais-Tout nous attend dans la voiture. Je prends place à l'arrière, à côté d'elle.

– Attachez vos ceintures, dit Mom en démarrant.

Nous n'échangeons pas un mot durant le trajet. Pour une fois, je préférerais que ma sœur m'abreuve d'informations sur les lémuriens de Madagascar, les libellules de Franche-Comté ou n'importe quelle autre bestiole de n'importe quel endroit du monde.

Arrivés à l'hôpital, nous suivons les pancartes indiquant « réanimation ».

Nous trouvons Dad dans la salle d'attente. Il est assis sur un des sièges en plastique orange. Effondré. Les bras ballants entre les jambes, la tête basse. Je remarque que ses mains tremblent. C'est affreux comme elles tremblent. Il se lève en nous voyant et se dirige vers nous d'un pas las. J'ai l'impression qu'il a vieilli de dix ans.

– Quelles sont les nouvelles ? lui demande Mom.

Dad hausse les épaules.

– Toujours pareil, répond-il. Les médecins ne peuvent rien nous dire pour l'instant.

Les dernières syllabes s'étranglent dans sa gorge. Ma mère lui touche le bras, si doucement qu'on dirait qu'elle a peur de le casser.

– Ils ne nous laissent pas beaucoup d'espoir, dit Dad.

Mom serre mon père contre elle. Ils restent un moment comme cela, enlacés. Lorsqu'ils se séparent, Dad vient vers nous. Il se penche pour nous embrasser, Miss Je-Sais-Tout et moi.

– Ne t'inquiète pas, me souffle-t-il lorsque ses lèvres effleurent ma joue. Tout ira bien, forcément, tout ira bien.

Puis, Mom et lui disparaissent derrière une porte blanche à double battant que les enfants n'ont pas le droit de franchir. Au-delà de cette frontière, il y a des images qui, pensent les adultes, pourraient traumatiser nos jeunes esprits. J'ai vu la scène dans tellement de films que je n'ai aucun mal à la reconstituer. Je vois, comme si j'étais dans sa chambre, Corina, allongée dans un lit. Ses yeux sont fermés, son visage paisible. Autour d'elle, des moniteurs et des machines égrènent leurs bips-bips. Elle a un tuyau dans le bras, un autre dans les narines, une sorte de pince au bout du doigt. Des fils de couleur sur la poitrine. On dirait qu'elle dort…

Je vais m'asseoir sur la chaise que Dad a abandonnée. Dans le couloir passent des docteurs en blouse blanche. Ils discutent entre eux ou consultent des documents avec un air préoccupé. Des infirmières poussent des chariots couverts de boîtes de médicaments, de compresses et de seringues. Des patients en pyjama promènent leurs perches à perfusion. L'odeur de désinfectant mélangée à celle de chaussons de vieux pépés me monte au nez et me porte au cœur.

Je ne sais pas ce que fabrique Miss Je-Sais-Tout. Ma sœur rôde au milieu des éclopés appuyés sur leurs béquilles, des malades allongés sur leurs brancards, le petit carnet qu'elle trimballe partout dans une main, un crayon dans l'autre. Chaque fois qu'elle repère une personne portant une blouse blanche, ma sœur s'approche, se plante devant elle pour l'interroger et noter ses réponses. Je renonce vite à chercher à comprendre ce qu'elle fabrique.

Quelques instants plus tard, Mom réapparaît. Seule. Elle nous explique que Dad va rester encore un peu auprès de Corina.

Nous reprenons le chemin de la maison tandis que le ciel se couvre de lourds nuages noirs. Un orage se prépare. Le nez collé à la vitre, bercé par le ronronnement du moteur, je regarde s'assombrir le paysage.

Miss Je-Sais-Tout, elle, n'a pas l'air plus bouleversée que cela par les événements. Ce passage à l'hôpital a été pour elle une révélation. Elle nous annonce qu'elle envisage de devenir médecin.

– J'ai parlé avec un hépato-gastro-entérologue, dit-elle à ma mère. Tu sais ce que c'est ?

Sans lui laisser le temps de répondre, ma sœur lui explique de quoi il s'agit, les études nécessaires pour mériter d'afficher un mot aussi long et compliqué sur sa carte de visite.

Elle a interrogé une bonne douzaine de docteurs. Dermatologue, néphrologue, pneumologue, oncologue… tout un tas de métiers qui finissent en « logue » pour savoir en quoi consistait leur spécialité. Voilà donc à quoi rimait son manège, tout à l'heure.

– Finalement, je crois que c'est la neurochirurgie qui m'attire le plus, conclut-elle.

– Tu as Saturne bien placé dans le signe de la Vierge, lui répond ma mère, je me suis toujours doutée que tu t'orienterais vers une profession médicale.

Avec ses capacités, j'imagine que ma sœur intégrera la faculté dans deux ans. Elle décrochera ses diplômes six mois plus tard et, dans la foulée, se verra décerner le prix Nobel de médecine pour ses formidables découvertes pour soigner les cyclistes plongés dans un coma profond après un choc reçu à la tête.

Mais pour nous, pour Mom, pour Dad, pour moi, il sera malgré tout trop tard. Une question me brûle les lèvres. Je me tourne vers ma mère.

– Mom…

Je croise son regard dans le rétroviseur.

– Tu crois que Corina va se réveiller bientôt ?

D'abord, Mom ne me répond pas. Elle se gare devant la maison, et une fois sa manœuvre achevée, elle se retourne vers moi.

– Dans un ou deux jours, dans une semaine, dans un mois ou plus, personne ne le sait, dit-elle. Pas même les médecins. Le coma est une chose mystérieuse. Il en existe plusieurs niveaux, comme si les gens étaient plus ou moins profondément endormis. Dans tous les cas, le patient peut se réveiller à n'importe quel moment, mais il est impossible de prévoir quand.

– Et les gens reprennent une vie normale, sans séquelles ?

– Ça non plus, personne ne peut le dire.

– Souvent, les personnes qui sont restées longtemps dans un coma profond ont des pertes de mémoire, intervient Miss Je-Sais-Tout.

– Ils oublient les événements récents, corrige Mom. Mais rarement les anciens.

– Peut-être que Corina ne se souviendra pas de Dad quand elle se réveillera, dis-je. Elle ne saura même plus qui il est.

Mom me fixe gravement.

– Tu n'aimes pas Corina, me dit-elle au bout d'un moment. C'est ton droit, Émile. Mais s'il lui arrive malheur, je veux dire un grand malheur, ton père sera très triste. Son chagrin sera moins lourd à porter si nous, toi, ta sœur et moi, le partageons...

Eh bien voilà, j'ai la réponse à ma question ! Je sais maintenant ce qui se passe lorsqu'on efface à moitié une personne ou une chose ! Elle disparaît à moitié. C'est logique. Je me demande si le vendeur de chez Fiesta Market est au courant de cette subtilité. J'ai obtenu ce que je souhaitais. Je suis débarrassé de la cause de tous mes malheurs. Victoire ! Victoire sur toute la ligne ! Alors, pourquoi ai-je la sensation qu'un rouleau compresseur fait des allers et retours sur ma poitrine ?

Je refoule les larmes qui me montent aux yeux. Je voudrais sortir de cette maudite voiture, mais la portière refuse de s'ouvrir. Je m'acharne sur la poignée en vain.

– Ouvre ! Mais ouvre cette porte, bon sang, Mom !

J'ai crié malgré moi. Ma mère est sous le choc. C'est la première fois de ma vie que j'élève la voix contre elle.

– Mais voyons, Émile, elle n'est pas verrouillée.

Effectivement, la portière s'ouvre d'un coup et je me rue dehors. Si je suis si fébrile, ce n'est pas à cause du discours de Mom, c'est que je viens d'avoir l'idée du siècle ! Oui, il existe un moyen pour que tout rentre dans l'ordre ! Je sais comment rallumer le sourire de Mom et calmer le tremblement des mains de mon père. Je sais comment regagner la confiance de mes potes. Je sais quoi faire pour que tout redevienne comme avant. Je sais ! Je sais ! Je sais !

Mais avant toute chose, il faut que j'aie une petite discussion avec le vendeur du Fiesta Market. Car cette fois, je n'ai pas le droit à l'erreur.

Je ne sais pas si vous allez me croire

(Émile)

Lorsque je déboule dans le plus grand magasin de farces et attrapes du monde et des environs, le vendeur – salopette bariolée, chemise jaune fluo, chapeau pointu surmonté d'un plumeau vert – est au rayon feux d'artifice en grande conversation avec un couple. Pour leur fête de mariage, ces derniers hésitent entre une pluie d'or crépitante et un éventail de comètes bleues à pointes argentées scintillantes.

Le vendeur m'adresse un signe discret pour me faire patienter. Je suis tellement sur des charbons ardents que j'ai l'impression que si ses clients ne se décident pas rapidement, c'est moi qui vais partir par la fenêtre en sifflant comme une fusée pour exploser en un bouquet de serpentins multicolores dans le ciel.

Il finit par se débarrasser d'eux en leur soldant le coffret « Célébration flamboyante : trente minutes de magie éblouissante garantie ». Je me précipite alors pour lui expliquer ce qui est arrivé à Corina. Son nom à demi effacé, l'accident, l'état dans lequel elle se trouve à présent.

– Ça paraît logique, dit-il. Tu as effacé la moitié de son nom, elle a disparu à moitié. Je te l'ai déjà expliqué, la gomme prend tout au pied de la lettre.

– Mon père est effondré, dis-je. Et Mom a perdu son sourire. C'est une catastrophe.

Il ne me fait aucun reproche, aucune réprimande. Ne me dispute pas. Il ne me plaint pas non plus. Il réfléchit.

– Il te reste beaucoup de gomme ? me demande-t-il après un moment.

J'indique la quantité avec mon pouce et mon index. Moins d'un centimètre sépare les deux doigts que je lui montre.

– C'est-à-dire de quoi réaliser un ou deux vœux, fait le vendeur.

– J'ai une idée, mais je voudrais avoir votre avis…

Il m'écoute exposer mon plan et fait une grimace.

– Tu as commis une grave erreur, très grave, en voulant faire disparaître cette personne…

– J'étais en colère, dis-je, et je pensais que Corina disparaîtrait simplement de ma vie. Qu'elle retournerait en Argentine, par exemple. Je ne voulais pas lui faire de mal…

– Après ce qui est arrivé à ton professeur et aux trois autres crétins, tu aurais dû retenir la leçon.

Je baisse les yeux.

– C'est une situation tellement inédite que je ne sais quoi te dire, poursuit-il enfin. Mais peut-être qu'après tout, ton idée peut fonctionner…

– Alors, je fonce !

J'attrape mon téléphone et j'envoie un code Delta à Jules et à Dounia en priant pour qu'ils y répondent. Pile au moment où je sors de la boutique, une grosse goutte s'écrase sur mon front. Deux secondes plus tard, toute l'averse me dégringole dessus. Comme si les nuages avaient attendu ce moment précis pour lâcher la bonde. Peu importe. Rien ne m'arrêtera. Je cours vers notre quartier général en me moquant de la pluie qui me fouette le visage, des flaques d'eau qui inondent mes baskets. Je suis le survivant qui affronte une armée de zombies et le film qui raconte mes exploits se place en tête de ma liste des 100 meilleurs films de fin du monde qu'il faut avoir vus avant l'apocalypse ! Le « floc floc » qui accompagne chacun de mes pas n'entame pas ma détermination. Je suis le héros de cette histoire, oui ou non ?

J'arrive à l'ancienne maison du garde-barrière, dans l'état d'une serpillière après un dégât des eaux. Mes baskets sont transformées en aquarium. On pourrait y élever des poissons rouges. Je traverse le jardin luisant de pluie et de boue. Dégoulinant, je m'approche de la porte vermoulue avec angoisse. Dounia et Jules vont-ils répondre à mon appel ?

Je n'ai même pas le temps de frapper trois coups brefs (toc, toc, toc), deux coups (toc, toc), un coup (toc) que la porte s'ouvre et que Dounia apparaît devant moi. La pluie a aplati ses cheveux et les lunettes de Jules auraient bien besoin d'essuie-glaces, mais ils sont là ! Mes potes sont formidables. Aussi trempés que moi, mais vraiment formidables. Les meilleurs amis du monde.

– Que se passe-t-il ? me demande Dounia.

Je devine à sa façon de me considérer, bouche pincée, yeux plissés, que regagner sa confiance ne va pas être facile.

– J'ai besoin de votre aide, dis-je.

Avant d'ajouter :

– C'est une drôle d'histoire. Je ne sais pas si vous allez la croire.

– Eh bien, raconte, rétorque-t-elle d'un ton cassant. On te dira si on te croit ou pas.

J'aimerais bien, mais, au moment de tout leur expliquer, les mots ne veulent plus sortir de ma bouche. Je me demande par où commencer. Je les regarde, l'un et l'autre. Dounia et Jules. Jules et Dounia. Mes potes depuis toujours.

– C'est Corina, elle a eu un accident, je finis par dire.

– Que s'est-il passé ? m'interroge Jules.

Sa question m'aide à reprendre pied.

– Elle a été renversée par un chauffard alors qu'elle circulait à bicyclette. Sa tête a cogné le sol. Elle a perdu connaissance. Malgré l'intervention rapide des secours, elle n'est pas revenue à elle. Et maintenant, elle est toujours à l'hôpital.

– Encore une personne de ton entourage victime d'un malheur. Quelle coïncidence ! Quelle malchance ! siffle

Dounia en dessinant des guillemets avec ses doigts lorsqu'elle prononce les mots « coïncidence » et « malchance ».

Je la fixe droit dans les yeux. Son regard sombre me fait comprendre que la partie ne sera pas facile. Tant pis ! Je me lance, comme un ballon de baudruche invité à une fête de hérissons : en espérant ne pas exploser d'un coup. Et je commence à raconter... Je raconte tout. En prenant soin de n'omettre aucun détail : les Trois As qui me poursuivent à la sortie du collège, le magasin de farces et attrapes où je me réfugie, les pitreries du vendeur du Fiesta Market pour chasser mes tourmenteurs...

Jules m'écoute sans poser de question. Dounia, elle, ne m'accorde pas encore tout son crédit. Elle cherche dans ma confession les indices d'une arnaque.

– Au moment où j'allais quitter la boutique, le vendeur m'a offert un objet magique... Une gomme...

Mes potes me regardent comme si je venais de leur annoncer que j'avais volé la statue de la Liberté.

– Une gomme ? Tu veux dire une gomme pour gommer ? demande Jules.

– Oui, mais une gomme magique. Elle efface dans la vie les choses que l'on a envie de voir disparaître.

Jules et Dounia échangent un regard. Pas besoin de décodeur pour comprendre le message : ils ne me croient pas.

– Et c'est avec cette « gomme magique » que tu as éliminé l'interro d'anglais ? fait Dounia, incrédule.

– Tu te souviens ?

– Interrogation avec deux « r », soupire-t-elle.

– Crumbeul pensait avoir oublié sa préparation chez lui ou dans son casier de la salle des profs, mais c'est moi qui l'ai fait disparaître.

J'espère que le souvenir de cet épisode auquel elle a participé malgré elle va entamer ses doutes, mais son front ne se déride pas. Alors, je continue mon histoire.

– Ça marche comme ça : on écrit sur une feuille le nom d'une chose ou d'une personne que l'on veut faire disparaître. On efface avec la gomme magique, et la chose ou la personne se volatilise.

Je leur raconte comment mon premier test avec les perches du Danube a malencontreusement provoqué la disparition de toute l'espèce.

– J'étais comme toi, dis-je à l'attention de Dounia. Je croyais que c'était une blague. N'empêche que lorsque j'ai fait l'essai, les poissons ont cramé dans la poêle et disparu du menu. Pire ! Le lendemain matin, j'ai découvert que toutes les perches du Danube, rendues folles par un virus bizarre, se sont entre-dévorées. C'est comme ça que j'ai compris que je devais faire attention à ce que j'effaçais.

– Crumbeul aussi, tu l'as fait disparaître ? me demande Dounia.

– Il allait révéler que j'avais fait une tentative de fugue…

– Comme ça, pfiiiiouuuu ! fait-elle en mimant un coup d'éponge dans l'air.

– Tu aurais pu faire la même chose que pour les perches, dit Jules. Tous les profs supprimés d'un coup. T'imagines ça : les profs qui deviennent cannibales et qui se bouffent les uns les autres !

Je leur raconte encore la disparition des Trois As, motivée par le saccage de notre quartier général.

– Et Corina ? C'est aussi une de tes victimes ?

Je hoche la tête, piteux.

– Mais il y a eu un problème : je n'ai effacé que la moitié de son prénom. Voilà pourquoi elle se retrouve entre la vie et la mort, comme si elle était à moitié effacée de l'existence...

Dehors, la pluie a cessé de tomber. Le vent a chassé les nuages et par une lézarde du toit, j'aperçois même un coin de ciel bleu. J'y vois comme un signe d'espoir.

– Avec la gomme magique, je pourrais tout arranger, dis-je. Le problème, c'est que je ne l'ai plus...

– Où est-elle ? fait Jules.

– Dans la poche de Chou Rouge, dis-je en baissant la voix. Il me l'a confisquée. C'est pour cela que j'ai besoin de vous. Pour la récupérer.

J'ai un plan pour cela, et je l'expose à mes potes. Un plan parfait, mais qui exige que l'un de nous se sacrifie.

– Je dois vraiment reprendre cette gomme, dis-je.

Sans un mot, Dounia remonte sa capuche et sort dans le jardin en friche. Par la fenêtre sans vitre, nous la voyons aller et venir, tête baissée, comme si elle cherchait quelque chose sur le sol détrempé. Elle s'accroupit pour ramasser quelque chose. Se dirige un peu plus loin, répète la même opération. L'objet récolté ne semble pas lui donner satisfaction puisqu'elle le rejette après l'avoir examiné.

Ce manège dure deux, trois minutes, avant qu'elle ne nous tourne le dos, comme si elle complotait quelque chose. Lorsqu'elle revient enfin vers nous, elle nous tend son poing fermé d'où dépassent trois brindilles identiques.

– La plus courte s'y colle, dit-elle.

Jules tire le premier – je lui laisse cet honneur. Puis, à mon tour, je saisis une des brindilles. Dounia ouvre la paume pour montrer celle qui lui reste. Nous comparons.

– J'ai jamais eu de chance dans la vie, soupire Jules.

– Je suis désolé, lui dis-je en forme de consolation. Je te revaudrai ça.

Au moment de mettre fin à la séance, par habitude, je me tourne vers le mur où se trouvaient nos trois gardiens. Je me sens tout bête face à l'emplacement vide.

– Attendez ! dit Jules, comme s'il venait de se souvenir de quelque chose d'important.

Il fait glisser son sac à dos de son épaule pour l'accueillir entre ses pieds. Il l'ouvre et farfouille dedans pour en sortir…

– Tadam ! s'exclame-t-il en exhibant un premier cadre. Le portrait de l'Annonceur.

– Tu as fait ça ? s'enthousiasme Dounia.

– Tu es trop fort, dis-je en examinant l'image ressuscitée.

Jules l'avait recomposée comme un puzzle. Il avait dû lui falloir une patience d'ange pour trier les morceaux de papier déchiquetés, reconstituer les photos en faisant coïncider au mieux les fragments de façon que l'on distingue le moins possible la déchirure.

Nos deux autres mascottes surgissent de son sac.

– Ça m'a pris tout le week-end et trois rouleaux de Scotch, explique Jules en relevant le menton.

– On va pouvoir les remettre à leur place, fait Dounia. Celle qu'ils n'auraient jamais dû quitter.

– J'ai une meilleure idée, dit Jules. Chacun de nous va emporter un des gardiens, qu'il conservera précieusement chez lui. Nous les apporterons à chaque réunion. Ainsi, plus personne ne pourra leur faire de mal.

Dounia et moi sommes d'accord : Jules mérite de choisir en premier. Par galanterie, je laisse ensuite l'Annonceur à Dounia. Elle a toujours eu une préférence pour ce personnage en raison de sa petite trompette. Je repars, moi, avec le Lampiste : celui qui trinque à la place des autres, en toutes circonstances.

Pas de panique !
Je suis l'homme de la situation

(Chou Rouge)

Franchement, le gars qui écrit le scénario de ma vie exagère ! Normalement, à la fin d'un film, quand la tension dramatique est à son comble, le héros se cramponne aux commandes d'un avion en flammes qui pique droit sur un lac de lave en fusion ou bien il se tortille dans tous les sens, ficelé comme un rôti sur une bombe prête à exploser. Eh bien moi, au zénith de mon aventure, je me retrouve enfermé dans un réduit sans lumière : le cagibi où les gens chargés du ménage du collège entreposent leur matériel.

Qu'est-ce que ça pue, dans ce placard dédié à la propreté et à l'hygiène ! Sans blague, ça sent la serpillière humide, le chiffon à poussière et le détergent. Je suis assis, recroquevillé sur un aspirateur, une sorte de R2-D2, le droïde de *Star Wars*, dont le bouton « marche-arrêt » me rentre dans la fesse gauche.

Le pire, c'est que je ne devrais pas me trouver dans cette situation inconfortable. C'est Jules que la courte paille avait désigné. Mais voilà, au moment d'entrer dans ce gourbi exigu, mon pote a pâli. Son menton s'est mis à trembler et il nous a avoué qu'il était claustrophobe. Je me suis mordu la langue pour ne pas lui demander comment il comptait rentrer un jour dans une capsule spatiale. Parce qu'il n'y a pas autant d'espace que dans un hall de gare, à ce qu'il paraît. Enfin bon, je me suis dévoué et j'ai pris sa place dans le cagibi.

Je fixe le mince rai de lumière qui filtre sous la porte en me remémorant les détails du plan que j'ai imaginé pour récupérer la gomme magique.

En ce moment même, ma classe s'installe dans la salle d'étude. Comme d'habitude, Chou Rouge retire sa veste, la tend devant lui à bout de bras et la secoue pour la défroisser. Je le sais, car je l'ai observé attentivement ces derniers jours. Il fait toujours ces gestes-là, dans cet ordre-là. Puis il va la déposer, avec soin, sur le dossier de sa chaise. Il ne reste plus qu'à l'éloigner pour aller récupérer la gomme magique dans sa poche… C'est là que mon plan (je le dis en toute modestie) devient génial.

Maintenant, Chou Rouge fait l'appel. Lorsqu'il prononce mon nom, il n'obtient pas de réponse. Il relève le nez, me cherche et découvre ma place vide. Sans doute interroge-t-il Jules et Dounia. Il sait que nous sommes potes. Ceux-ci feignent la surprise. Genre : ils ne comprennent pas. J'étais là tout à l'heure. Ils ignorent où je suis passé.

Le CPE est un homme d'action. Il ne va pas rester les bras croisés. De deux choses l'une. Soit il confie la surveillance de la classe à un élève, sans doute à Mathilde, et part à ma recherche seul. Soit, plus vraisemblablement, il désigne cinq ou six élèves pour l'accompagner et organise une battue. Dans les deux cas, mes potes ont le champ libre pour reprendre dans sa poche l'objet dont j'ai absolument besoin pour inverser le cours de cette histoire.

J'entends le bruit des pas qui s'approchent. Je retiens mon souffle jusqu'à ce que je reconnaisse la voix de Jules.

– T'es là ? chuchote-t-il.

Je hausserais les épaules si j'en avais la place, dans ce cagibi minuscule.

– Où veux-tu que je sois ? Comment ça se passe de votre côté ? je lui demande.

– Au poil ! Chou Rouge a formé un commando pour « chasser le cannibale », comme il a dit. Je fais partie des élus.

– Super ! Et sa veste ?

– Sur le dossier de sa chaise, comme tu l'avais prévu !

– Parfois, mon propre génie m'effraie !

– Dounia a dû avoir le temps de récupérer la gomme magique, maintenant, conclut Jules. Je pense que je peux aller prévenir Chou Rouge que je t'ai trouvé.

Il s'éloigne et quelques instants plus tard, j'entends à nouveau des bruits de pas – l'un léger, appartenant à mon pote, et l'autre, plus lourd, à Chou Rouge. Puis la voix du CPE.

– Alors, le cannibale, tu veux jouer à cache-cache ? meugle-t-il. T'inquiète pas, on va te sortir de là.

– Je suis déjà rassuré de savoir que vous êtes là, M'sieur.

C'est vrai que la perspective de quitter ce réduit nauséabond me réjouit.

– Comment as-tu fait ton compte pour te retrouver enfermé là-dedans ? demande-t-il.

– Aucune idée, M'sieur. J'ai senti qu'on me poussait, mais je n'ai pas vu qui… La porte a claqué et s'est bloquée.

Chou Rouge tente d'ouvrir. Je l'entends grogner alors que la poignée lui résiste. Il ignore que je l'ai coincée avec le manche d'un balai.

Je décide d'attendre avant de dégager la porte. Ma séquestration n'en paraîtra que plus crédible si le CPE doit s'escrimer encore un peu pour me libérer. Et puis, c'est assez amusant de l'entendre maugréer et jurer de l'autre côté du panneau de bois.

Soudain, je dresse l'oreille. Jules se met à tousser. À tousser fort, à s'en arracher les bronches. C'est suspect.

– Qu'est-ce qui t'arrive, toi ? Ce n'est pas le moment de flancher, gronde Chou Rouge.

– J'ai attrapé un coup de froid, répond mon pote. Je devrais faire comme vous, poursuit-il, ne jamais sortir sans ma VESTE. Votre VESTE, c'est votre secret pour rester en bonne santé, non ? C'est vrai, on vous voit toujours avec votre VESTE !

Jules hurle quasiment le mot « veste ». Pas besoin d'être prix Nobel pour comprendre le message : il y a un problème !

Chou Rouge n'a pas retiré sa veste. Dans ce cas, pourquoi Jules m'a-t-il affirmé le contraire tout à l'heure ? J'éclaircirai ce mystère plus tard. Pour le moment, il y a urgence. Dans un réflexe, j'attrape le balai à deux mains, de peur qu'il ne cède sous les coups de boutoir de Chou Rouge. Je m'y cramponne en mobilisant toutes mes forces et en serrant les dents. Le temps de trouver une autre stratégie.

– Rien à faire, grogne Chou Rouge. Il faut que je démonte cette serrure récalcitrante.

Il s'adresse à moi à travers la porte.

– Tiens bon, le cannibale, je vais chercher ma boîte à outils. Je reviens dans deux minutes !

Puis il donne ses consignes à Jules.

– Parle-lui, lui dit-il. Maintiens-le éveillé, qu'il ne ferme surtout pas les yeux, tu m'entends ?

J'attends que le bruit de ses pas s'éloigne pour interroger mon pote.

– Qu'est-ce que c'est que cette histoire ? Pourquoi n'avez-vous pas attendu qu'il retire sa veste, bon sang ?

– Il l'avait posée sur le dossier de sa chaise, je te le jure, chuchote mon pote de l'autre côté du panneau. Et à mon avis, Dounia n'a pas eu le temps de lui faire les poches.

– Quelle tuile ! Qu'est-ce qu'on va faire ?

– Alors quoi ? On laisse tomber ?

– Et puis quoi encore ? Nous devons trouver une solution, et vite !

– Chut ! Voilà Chou Rouge qui rapplique…

De l'autre côté de la porte, j'entends un bruit métallique. Le CPE doit farfouiller dans ses outils.

– Vous allez vraiment démonter la serrure ? demande Jules.

Ce n'est pas une question. C'est le moyen de me tenir au courant de ce qui se trame.

– Ton petit camarade n'a pas l'intention de passer le reste de sa vie enfermé dans ce placard, n'est-ce pas ? lui répond le CPE. Pas de panique ! Je suis l'homme de la situation. Tu sais, j'ai déjà connu pire : un jour, un tiroir du bureau de la principale – celui où elle range ses trombones – s'est coincé. Devine qui a réussi à l'ouvrir en deux coups de cuillère à pot… Bon sang, je ne sais pas qui a enfoncé ces vis, mais…

Il souffle comme s'il voulait gonfler une montgolfière avec sa bouche, il enrage, il grogne, retient un juron entre ses dents. Avant de pousser enfin un cri de victoire.

– En voilà une ! Cette porte est bien plus coriace que le tiroir à trombones de la principale.

Soudain, une nouvelle voix se fait entendre. Et je n'en reviens pas, parce que cette voix n'a rien à faire dans le décor. C'est celle de Mathilde.

– Que se passe-t-il, Monsieur ? dit-elle.

J'imagine que si elle est là, ses groupies ont suivi. Pire ! Un bourdonnement informe me fait comprendre que toute la classe est là !

– Appelez les pompiers, M'sieur ! (Ça, c'est la voix de Tom.)

– Le GIGN, c'est mieux. Peut-être qu'Émile est retenu en otage à l'intérieur… (Kevin, c'est n'importe quoi, ça.)

– Est-ce qu'il peut mourir étouffé ? (Fatoumata, toujours aussi naïve.)

– Il faut faire des trous dans la porte avec une perceuse, M'sieur. Pour qu'il puisse respirer. (Ah ! Ah ! Ah ! Très drôle, Karim.)

Tout à coup, l'espoir se rallume car, au-dessus de la mêlée vient de surgir la voix cristalline de Dounia. S'il existe au monde une personne capable de me tirer de ce mauvais pas, c'est bien ma pote.

– Ce que vous êtes musclé, Monsieur ! dit-elle.

– Qu'est-ce que tu racontes ? demande Chou Rouge qui attaque une deuxième vis.

– Vos muscles, Monsieur, reprend Dounia, admirative. C'est impressionnant ! Waouh ! Vous allez faire exploser les coutures de votre veste…

Plus un bruit de l'autre côté de la porte. Je retiens mon souffle.

– Hum… Tu as peut-être raison, concède le CPE. Dans l'action, je ne sens pas ma force…

Il s'ensuit un moment de silence, à peine troublé par le froissement d'un tissu. Je devine que Chou Rouge retire sa veste. Vraiment, cette fille est géniale.

– Donnez-moi votre vêtement, dit-elle, je m'en charge…

Le CPE vient enfin à bout de la dernière vis. Réunie autour de lui, la classe, en chœur, lance le compte à rebours…

– Cinq ! Quatre ! Trois !

Mathilde, avec sa voix aiguë, domine la chorale. C'est elle qui hurle le plus fort.

– Deux ! Un ! Zéro !

Le verrou cède.

La porte s'ouvre.

La lumière inonde le cagibi.

Une bouffée d'air frais envahit mes poumons.

La première chose que je vois, c'est la figure cramoisie de Chou Rouge, plus bouffie et rougeaude que jamais. On dirait une créature qui aurait à la fois King Kong et une tomate dans son arbre généalogique.

Et puis, derrière lui, une petite tête brune frisée se décale. Dounia sourit et elle cligne de l'œil.

– Le cannibale est libéré, triomphe Chou Rouge. Maintenant, tout le monde en rang par deux, direction l'étude. En avant, marche ! Et silence dans les couloirs !

Dounia se place à ma droite. Alors que la colonne se met en route au pas cadencé, une, deux, les doigts de ma pote viennent à la rencontre des miens. Enfin quoi ? On n'est plus à la maternelle. Pas la peine de se donner la mimine. Mais lorsque Dounia retire sa main, je sens quelque chose dans le creux de la mienne. C'est rond, c'est petit et cela irradie d'une douce chaleur. La gomme magique !

– Parfois, mon propre génie m'effraie, souffle ma pote.

– J'ai dit « silence dans les rangs ! » beugle Chou Rouge.

Cette gomme magique, on peut avoir une démonstration ?

(Dounia)

Enfin, la sonnerie retentit ! J'ai hâte d'interroger Jules et Dounia et de tirer une ou deux choses au clair. Car si j'ai bien récupéré ma gomme magique, cela ne s'est pas vraiment déroulé comme je l'avais prévu dans mon plan génial. J'aimerais comprendre ce qui s'est passé. Pourtant, je range mes affaires sans précipitation et c'est d'un pas tranquille que je me dirige vers la cour de récré. Nous nous installons, mes potes et moi, un peu à l'écart de la foule des autres élèves pour pouvoir discuter sans être dérangés.

– Pourquoi m'as-tu dit que Chou Rouge avait retiré sa veste alors qu'il l'avait sur le dos ? je demande à Jules.

– Il l'avait posée sur le dossier de sa chaise, comme d'habitude, je t'assure !

– Il s'est ravisé au moment de partir à ta recherche, intervient Dounia. Il a fait demi-tour pour la récupérer. Juste au moment où j'allais me lever. À deux secondes près, il me grillait.

– Je ne pouvais pas savoir, s'excuse Jules. À ce moment-là, j'étais déjà en route pour faire semblant de te chercher.

Je lui fais signe que cela n'a pas d'importance.

– Alors, cette gomme magique, on peut avoir une démonstration ? me demande Dounia.

– Une dernière chose avant. Comment la classe entière s'est-elle retrouvée réunie devant le placard à balais ?

– Quand j'ai vu Chou Rouge repartir avec sa veste sur le dos, je me suis dit qu'il fallait passer au plan B.

– Tu avais prévu un plan B ?

– Non, mais je l'ai improvisé. J'ai murmuré à l'oreille de Mathilde que Chou Rouge m'inquiétait. Qu'il respirait fort, transpirait à grosses gouttes. Quand j'ai ajouté que j'espérais qu'il n'avait pas chopé le méningocoque stupidis mortalis, ça n'a pas raté : Mathilde s'est précipitée au secours du CPE…

– Et tout le monde a suivi…

– Pas tout de suite, poursuit ma pote. Sa bande de copines lui a immédiatement emboîté le pas, mais le reste de la classe était trop sidéré pour réagir.

– Tu m'étonnes : Mathilde est la fille la plus obéissante de tout le collège. Jamais un retard, jamais un écart, rien. De la voir sécher l'étude, les autres ont dû tomber de leur chaise.

– J'ai attendu un peu avant de me lever à mon tour. J'ai traversé la classe en disant : « il y a du louche » et tout le monde s'est rué derrière moi.

– Tu as vraiment assuré.

– Et maintenant, que vas-tu faire ? demande Jules.

– Tout arranger. Il suffit que j'efface un mot, un dernier mot.

Mes potes me regardent sans rien dire. Je sais bien ce qu'ils espèrent. Et je leur dois bien une petite démonstration de la gomme.

– Rendez-vous chez moi après les cours, d'accord ?

Dounia me saute au cou. Jules danse sur place en poussant des cris d'Indien.

– Là où j'irai… dis-je.

– Mes potes iront ! répondent-ils avec enthousiasme.

J'arrive à la maison pile au moment où Mom raccroche le téléphone. Elle ne m'a pas entendu entrer et reste debout, à regarder l'appareil.

Au bruit que je fais en me déchaussant, elle relève la tête.

– C'était ton père… souffle-t-elle.

– Des nouvelles ? je lui demande.

Je n'ai même pas besoin de préciser de qui je parle. Elle se passe la main dans ses cheveux. Des mèches argentées coulent entre ses doigts. Les yeux fermés, elle a l'air si fatiguée, si triste que cela me déchire le cœur. Je voudrais la rassurer. Lui dire que le cauchemar va bientôt prendre fin. Et que tout va redevenir comme avant. Le grille-pain fournira des morceaux de charbon, le robinet nous giclera en pleine poire une fois sur deux et la porte des toilettes produira à nouveau son grincement de film d'épouvante.

– Aucune amélioration, souffle-t-elle.

– Cela signifie que son état ne s'aggrave pas, dis-je pour tenter de la consoler.

Le sourire qu'elle affiche ne dure qu'une seconde avant de s'éteindre.

Dans sa chambre, ma sœur est occupée à lire un pavé épais comme trois volumes de l'encyclopédie. Sur la première page, j'aperçois un titre qui ferait peur à une armée d'académiciens : *Conséquences des changements climatiques en milieu océanique sur les protozoaires unicellulaires et la microfaune benthique*. Et en dessous, un nom comportant au moins quatre Z, trois Y, et autant de W. Sans doute la thèse d'un savant polonais que la surdouée qui me sert de sœur, armée d'un feutre rouge, entreprend de corriger.

Je tousse pour attirer son attention, mais elle ne m'accorde pas un regard.

– Mom est triste, lui dis-je.

– Hum, hum…

– Qu'est-ce qui va se passer ? je lui demande.

Miss Je-Sais-Tout ne relève même pas la tête pour répondre.

– On constate que le réchauffement des eaux de deux degrés oblige le plancton animal, ou zooplancton, à migrer. Il quitte les régions équatoriales pour remonter vers les pôles. Toute la chaîne alimentaire s'en trouve bouleversée. Tu t'en moques certainement, sauf que tout en haut de la chaîne alimentaire, on trouve l'homme… C'est-à-dire nous.

C'est sûr, cela me touche presque autant que ma première tétine perdue au jardin d'enfants.

– Je parlais de Corina. Tu crois que les médecins vont pouvoir… la sauver ?

Miss Je-Sais-Tout entoure une phrase qu'elle annote dans la marge.

– Corina est dans le coma, tu as compris ça ?

– Entre la vie et la mort, ça va, je ne suis pas complètement idiot.

– C'est un peu simpliste comme définition, mais pour toi, ça ira.

Son ton de petite peste me hérisse les poils. Mais je fais comme si de rien n'était. Elle raye un mot, puis un autre, tourne la page…

– Pour ta gouverne, les médecins vont devoir déterminer jusqu'à quel point elle est plongée dans ce coma. Plus elle est partie loin, profondément, et plus il sera difficile de la ramener. Passé un certain point, cela sera même impossible. Et dans ce cas…

Je la coupe, car je n'ai pas envie d'entendre les mots qu'elle va prononcer.

– Ça va, j'ai compris !

Cette fois, j'ai crié, obligeant ma sœur à relever la tête. Elle me regarde comme si j'étais la tour Eiffel en petite culotte.

– Qu'est-ce que ça peut te faire ? dit-elle. Tu n'aimes pas Corina. Tu ne l'as jamais aimée, n'est-ce pas ?

– Autant que ton plancton aime le réchauffement climatique.

Ma sœur secoue la tête d'un air navré.

– Même s'il lui arrive malheur, Dad et Mom ne vivront plus jamais ensemble, dit-elle.

– Qu'est-ce que t'en sais, petite maligne ? Tu t'es mise à l'astrologie, toi aussi ?

Je refoule les larmes qui me montent aux yeux. Miss Je-Sais-Tout me fixe un instant, puis elle replonge dans le plancton.

Dans ma chambre, en attendant l'arrivée de mes potes, je m'installe pour le dernier rituel, préparant une feuille de papier et un crayon. Les minutes me paraissent longues comme des siècles sans console de jeux vidéo. Enfin, on sonne à la porte.

– J'y vais, Mom ! C'est Jules et Dounia !

Ma mère ne répond pas. Elle est en train de travailler dans le cagibi de la sorcière. Lorsque j'ouvre la porte, je découvre mes potes sur le seuil. Ils ont chacun un sac plastique à la main. Je me doute de ce qu'ils contiennent. J'y avais moi-même pensé sans oser le leur demander.

– Bonne idée ! dis-je.

Ils me suivent jusque dans ma chambre. Je ferme la porte et – chose que je ne fais jamais – je tourne la clé dans la serrure. Mom travaille, elle ne devrait pas nous déranger. Mais je me méfie de Miss Je-Sais-Tout. Autant éviter que ma chère sœur surgisse au moment crucial. Même si elle est plongée dans son plancton jusqu'au cou, sa curiosité pourrait la pousser à venir vérifier ce que nous fabriquons, mes potes et moi.

Elle serait étonnée de voir Jules sortir un cadre contenant la photo d'un homme tenant un marteau devant le moteur d'une locomotive à vapeur. À son tour, Dounia fait apparaître le portrait de l'Annonceur. Nous les alignons avec celui du Lampiste, sur mon lit, face à nous, comme des spectateurs.

Nous nous inclinons devant eux pour un salut rituel, puis je m'installe à mon bureau. Dounia et Jules s'asseyent au bord de mon lit, en prenant garde de ne pas boucher la vue à nos gardiens.

Je lisse la feuille de papier du plat de la main.

– Voilà comment cela se passe, dis-je à mes potes. D'abord, la feuille, puis le crayon, bien parallèle. Enfin, la gomme magique…

J'ouvre le tiroir où je l'ai rangée, bien à l'abri. Elle me paraît si petite, soudain. Est-ce qu'il en reste assez pour réaliser mon ultime vœu ?

Je pose la gomme à côté de la feuille, puis je m'empare du crayon. Jules et Dounia se penchent pour me voir inscrire la première lettre. Un magnifique C majuscule que je m'applique à former. Ils retiennent leur souffle tandis que je trace le O suivant. Je crois bien qu'ils ne respirent plus du tout jusqu'à ce que j'aie fini d'écrire et que je pose le crayon.

– Tu es sûr qu'elle fonctionne, cette gomme magique ? demande Dounia.

– Chut ! lui intime Jules qui, lui, n'a aucun doute.

– Mais cela pourrait être des coïncidences, insiste ma pote.

Je saisis la gomme magique du bout des doigts. Je commence à frotter. Le C s'estompe doucement, puis disparaît complètement, puis c'est au tour du O. Je frotte plus énergiquement… La gomme s'amenuise de plus en plus. Lorsque j'attaque le A final, il n'en reste plus grand-chose, sans doute de quoi réaliser un dernier vœu. Je pousse un soupir de soulagement en constatant que ma feuille est redevenue blanche. Il n'y a plus la moindre trace du mot COMA que j'y ai inscrit quelques instants auparavant.

– Est-ce que ça va marcher ? demande Jules.

– Bien sûr, que ça va marcher ! Il faut que cela marche ! dis-je.

J'aimerais en être sûr, en rangeant précieusement ce qui reste de la gomme au fond d'un tiroir.

– Ça prend longtemps avant d'avoir le résultat ? intervient Dounia.

– Cela dépend, je lui réponds. Pour l'interro d'anglais, tu te souviens, cela a été immédiat.

En y réfléchissant bien, pour les perches du Danube aussi, pour Crumbeul et les Trois As, cela n'a pas été très long non plus.

Nous saluons nos gardiens et l'Annonceur et le Visiteur reprennent leur place dans leur sac. Je raccompagne mes potes jusqu'à la porte.

– Tu nous préviens si tu as des nouvelles.

– Promis ! Vous serez aussitôt au courant.

– Des nouvelles de qui, de quoi ? demande Mom, qui sort de la cuisine à cet instant.

– De notre exposé, ment Dounia.

– Vous faites un exposé ensemble ? Émile est un petit cachottier, il ne me dit jamais rien. C'est normal, il est Cancer avec une forte influence de Neptune et de Pluton dans son thème.

– C'est sur la représentation des extraterrestres dans le cinéma, dis-je, en me souvenant du mensonge que j'avais servi au vendeur du Fiesta Market.

– Bien, alors, j'espère que vous aurez une bonne note, dit-elle.

Au moment où elle passe devant nous, une petite musique s'échappe de son sac à main, posé sur la table du salon. Mom l'attrape et fouille fébrilement dans son fourbi à la recherche de son téléphone portable. Elle finit par le trouver, mais elle est si nerveuse qu'elle le laisse échapper. L'engin dessine une belle parabole et je plonge comme un gardien de but. Je saisis l'appareil juste avant qu'il ne se fracasse sur le parquet. Et me remettant sur mes pieds, je fais le pitre pour détendre Mom, collant le téléphone à mon oreille.

– Secrétariat de Célia, la meilleure astrologue et la plus gentille maman du monde, j'écoute, dis-je d'un ton théâtral.

Sans attendre de réponse, je tends le portable à ma mère.

Elle reste attentive un moment à ce que lui dit son interlocuteur à l'autre bout du fil. J'essaie de deviner ce qui se passe en déchiffrant les émotions sur son visage. Parce qu'on lui annonce quelque chose d'incroyable. C'est évident. Ses yeux s'agrandissent de stupeur d'abord, puis elle porte une main à sa poitrine, et sa bouche s'ouvre sans qu'aucun son n'en sorte. Elle hoche ensuite doucement la tête. Des larmes, enfin, roulent sur ses joues, mais, en même temps, un large sourire éclaire son visage.

– Que se passe-t-il ? je demande.

Mom me regarde, hagarde, le téléphone au bout de son bras ballant.

– C'est Papa, dit-elle. Les médecins n'en reviennent pas, Corina est sortie du coma ! Ils disent que c'est un miracle… Elle s'est réveillée comme ça, d'un coup, comme si le coma avait disparu.

Je pousse un cri que Geronimo en personne n'aurait pas renié en voyant les tuniques bleues partir en déroute. Je me jette dans les bras de ma mère et la serre contre moi de toutes mes forces. Miss Je-Sais-Tout jaillit de sa chambre et nous saute dessus. Mom nous enlace tous les deux. Dounia et Jules hésitent un instant, puis ils se joignent à nous pour former une ronde. Nous tournons, valsons, sautons sur place comme si nous venions de remporter les Coupes du monde de foot, de basket, de handball, de badminton et de tricot réunies.

– Ça a marché, me souffle Dounia.

Mom lui jette un regard étonné, se demandant sans doute de quoi parle ma pote. Fort heureusement, elle ne lui réclame pas d'explication.

Du fond du sac à main de Mom, monte la voix de Dad – elle a oublié de raccrocher – qui appelle désespérément :

– Allo ! Vous êtes là ? Allo ! Allo !!!

Épilogue
Là où j'irai, mes potes iront !

(Dounia, Jules et Émile)

Nous nous retrouvons, mes potes et moi, devant le panneau d'affichage du collège. J'ai failli ne pas reconnaître Dounia, tellement elle a grandi. Elle nous dépasse d'une tête, maintenant.

– Tu as mangé de la soupe pendant toutes tes vacances ? je lui demande.

Elle rit.

– Et toi ? Tu as appris à danser le tango ? C'était bien, l'Argentine ?

– Dément. Corina nous a emmenés en Patagonie, c'était génial. Vous avez reçu mes cartes postales ?

– J'ai une bonne et une mauvaise nouvelle, intervient Jules. Je commence par laquelle ?

– La mauvaise, suggère Dounia.

– Je préfère commencer par la bonne, rétorque Jules.

– Pourquoi tu demandes notre avis, alors ?

– Nous sommes encore dans la même classe cette année !

– C'est grâce à ma mère, dis-je.

– Un de ses trucs de sorcière ? Elle a jeté un sort à la principale ? demande Jules.

– Ma mère est astrologue, pas sorcière. Et si tu veux savoir, la principale lui a demandé d'être témoin de son mariage avec l'inspecteur d'académie, cet été. Ma mère a accepté et a demandé une faveur en échange : qu'on ne nous sépare pas à la rentrée.

– C'est cool, intervient Dounia.

– Elle a aussi suggéré que je ne me retrouve pas dans la classe de Miss Je-Sais-Tout…

– Ta sœur entre au collège ! s'exclame mon pote.

– Elle passe directement du CP en cinquième. Je ne sais pas si je dois me sentir fier ou humilié.

– Et la mauvaise nouvelle ? demande Dounia à Jules.

– On a Crumbeul comme prof principal.

– Je suis presque content de le revoir, dis-je.

Ce n'est pas un mensonge. De retour de vacances, je suis allé trouver le vendeur de chez Fiesta Market pour lui expliquer à quel point la disparition du prof d'anglais me pesait sur la conscience. C'est lui qui a eu l'idée d'utiliser ce qui restait de la gomme magique pour faire disparaître le méningocoque stupidis mortalis. La bactérie éradiquée, le prof a été aussitôt guéri.

– Et les Trois As ? demande Jules.

– Guéris, eux aussi, dis-je. Ils ont récupéré leurs trois neurones…

– Un chacun, confirme Dounia.

– Mais leurs parents ont préféré les changer de collège. Ici, ils ont trop de mauvais souvenirs, paraît-il.

La cloche retentit. J'ajuste mon cartable sur mon dos et je tends mon poing en direction de mes potes. La main de Dounia d'abord, puis celle de Jules, viennent le coiffer.

– Là où j'irai…

– Mes potes iront !

Agent de manœuvre contrôlant le freinage et la tenue
des sabots de freins en gare de triage de Villeneuve-Saint-Georges.

Avant de refermer ce livre...

Cher lecteur,

Avant de nous quitter, je voudrais vous rassurer : le méningocoque stupidis mortalis, le virus qui rend idiot quand on n'en meurt pas, n'existe que dans ces pages.

En revanche, les trois gardiens d'Émile et de ses amis sont bien réels. Le visiteur d'abord : ce mécanicien frappait sur les parties métalliques du train avec un marteau pour déceler au son d'éventuelles fissures ou cassures. On dit qu'il les visitait, d'où son nom. Sur cette photo de 1947 (ci-contre), on voit un visiteur vérifier les freins d'un wagon.

Un annonceur sécurise une intervention
d'un agent de la voie sur une aiguille.

L'annonceur, lui, devait avoir du souffle ! À l'aide de sa trompette, cet employé des chemins de fer devait en effet être capable d'alerter ses collègues chargés de la maintenance sur les rails à un kilomètre à la ronde, comme ici en 1949.

Lampiste à quai en gare de Bordeaux.
© SNCF-Médiathèque - Patrick Olivain

Le lampiste (ici en 1982, voir ci-contre) était chargé de l'éclairage des trains et des quais de la gare. Sa responsabilité était immense. Car en cas d'accident, c'était lui que l'on désignait comme responsable en prétendant qu'une de ses lampes était éteinte. D'où l'expression « la faute du lampiste » employée pour parler d'une personne qui endosse injustement une faute à la place d'un autre.

Table des matières